ALBERT TORNER MARC GARRETA

HÉROS

TOME 1 LE RÉVEIL

d'après le roman de Benoît Minville

SARBACANE

LES ... E-FORGE.
... VAN.
OK, LES GARS, JE REPRENDS... ON EN EST À LA PAGE 18.
CE QUE J'AI IMAGINÉ, C'EST QU'ON OUVRE CETTE SÉQUENCE...
... SUR UN PLAN D'ENSEMBLE ...
... DE LA PLATEFORME PÉTROLIÈRE FRAPPÉE PAR L'OURAGAN...
ET D... PRISE D'ASS... LES TENTAC... ZOTH-OM...
EXACT. ET APRÈS, DIRECT UN PLAN AMÉRICAIN SUR LES MEMBRES DU CULTE DU FEU EN TRAIN D'UTILISER LE CRÂNE DU FOND DES ÂGES POUR ATTIRER ZOTH, PUIS...
HÉRITIER DÉBARQUE : PLAN MOYEN.

AJOUTE UN GROS PLAN POUR FAIRE MONTER LA PRESSION.
HÉRITIER COMPREND QU'IL DOIT VAINCRE SON ANCIEN MENTOR S'IL VEUT ÉVITER LE RÉVEIL DE ZOTH.
J'HÉSITE À METTRE UN CARTOUCHE POUR EXPLIQUER.
LES GENS SONT PAS CONS. C'EST COMME À LA FIN DU N° 824.
826.
C'ÉTAIT LE 826.
SOIS PRÉCIS, MATÉO. ET LES GENS *SONT* CONS.
ET TANT QU'ON Y EST... ON DIRAIT UN DESSIN DE QUAND T'AVAIS HUIT ANS ! TROP MAL PROPORTIONNÉ !
ET TA SŒUR, ELLE EST MAL PROPORTIONNÉE ?
TRÈS FIN... JE SUIS SÉRIEUX, LÀ. ON S'ÉTAIT PROMIS DE FAIRE LE MEILLEUR SPIN-OFF DE TOUS LES TEMPS DE *HÉROS*, AVEC *LEGACY* !
HÉRITIER, TU VEUX DIRE.
OH NON, C'EST REPARTI.
DIS-LUI, RICHARD, C'EST TOI LE SCÉNARISTE ! *HÉRITIER, HÉRITIER*... ON DIRAIT LE NOM D'UN VERMIFUGE POUR CHIEN ! IL FAUT PENSER GLOBAL ! MARCHÉ RICAIN !
ARRÊTE AVEC TES CONNERIES, JOSÉ ! *HÉROS* EST FRANÇAIS, ET ÇA L'A PAS EMPÊCHÉ DE SE VENDRE À DES MILLIONS D'EXEMPLAIRES, PARTOUT DANS LE MONDE DEPUIS VINGT-QUATRE ANS !

BON, LES GARS... J'AVAIS PROMIS À MON PÈRE D'ÊTRE DE RETOUR AVANT DIX HEURES...
ATTENDEZ, C'EST QUI LE CERVEAU DE *LEGACY*, HEIN ? VOUS POUVEZ PAS ME FAIRE ÇA !
J'AI DÉJÀ LANCÉ LA PROMO SUR MA CHAÎNE YOUTUBE, ON PEUT PAS CHANGER DE TITRE MAINTENANT !
JOSÉ, T'AS DIX-SEPT ABONNÉS À TA CHAÎNE, DONT TA SŒUR QUI A PITIÉ DE TOI, ET TA MÈRE QUI TE CHOISIT ENCORE TES FRINGUES.
ON RESTE SUR *HÉRITIER*. POUR LA VINGT-TROISIÈME FOIS.
... ET JENNIFER LAPLACE !
QUOI, "JENNIFER LAPLACE" ?
ELLE EST ABONNÉE À MA CHAÎNE, FIGURE-TOI. ET J'AI CARRÉMENT UN TICKET AVEC ELLE.
PF-HA HA HA HA HA ! AVEC JENNIFER LAPLACE ?! C'EST COMME ÇA QUE T'APPELLES TA MAIN DROITE ?
ALLEZ-Y, MARREZ-VOUS ! MAIS L'AUTRE JOUR, ELLE M'A SOURI QUAND ELLE A PRIS SON SAC, APRÈS LE CONTRÔLE D'HISTOIRE.
HAHA HAHA HAHA HAHA HAHA HAHA
J'AI BIEN REGARDÉ ET IL Y AVAIT PERSONNE D'AUTRE DERRIÈRE MOI !
SI ÇA, C'EST PAS UNE PREUV...
BLAM

JE... JE SUIS DÉSOLÉ... ÇA NE DEVAIT PAS SE PASSER COMME ÇA.
TU DEVAIS AVOIR PLUS DE TEMPS... MAIS...
TOUT S'ACCÉLÈRE.
!!
JE N'AI PAS LE TEMPS DE T'EXPLIQUER, RICHARD.
Ç'A DÉJÀ COMMENCÉ...
TU...
GLAC!!
ILS ARRIVENT !
FUYEZ !
STOM
STOM
STOM
MAIS, LES PLANCHES...
RICHARD ! FAUT QU'ON DÉGAGE !
COUREZ ! FUYEZ TOUT DE SUITE !

ATTENDS-MOI !
VITE ! VITE !
C'EST QUOI, CE BORDEL ? C'ÉTAIT QUI, CE MEC ?!
UN TRAFIQUANT DE DROGUE ! JE SUIS SÛR QUE C'ÉTAIT UN TRAFIQUANT DE DROGUE !
ILS VONT NOUS FOUTRE DANS DES BIDONS D'ACIDE !
CHUT !
OH, PUTAIN, C'EST L'ARMÉE, LÀ-BAS... ILS VONT NOUS METTRE DANS LEUR PRISON SOUTERRAINE...
... POUR NOUS FAIRE SUBIR DES EXPÉRIENCES, ET...
FERME-LA ! ÇA VA, RICHARD ?
CETTE FIOLE, C'EST COMME SI...
LE GARS T'A PEUT-ÊTRE INOCULÉ UN VIRUS MUTANT... ON FAIT QUOI ?
ON SE SÉPARE. JE PARS D'UN CÔTÉ POUR FAIRE DIVERSION...
... ET VOUS, VOUS FONCEZ EN VILLE PRÉVENIR LES GENDARMES.
MAIS... JOSÉ !!
?
!

STOP ! PAS UN GESTE !
MERDE !
RATATATAI!!
VITE ! ILS SE TIRENT !
GLOUPS...
CLAC!
ÑINI ÑINI
!
VRRR
VRRR
MERDE, MERDE !
C'EST PAS RÉEL, C'EST PAS RÉEL !
ARRÊTE-TOI !
VRRRR
ARRÊTE, JE TE DIS ! ON NE TE VEUT PAS DE MAL !

MON CUL, OUAIS !
!!
PUM!!
!
SKRIIIIIII
!!
OOO-AAAAAAH !
CRAS!
C'EST PAS VRAI ! JE L'AI FAIT ! JE L'AI...
SBCN
!
HA HA HA !
SBCN
SBCN

ATTENTION !
CRAK
CATAPLAN!

GNN ! GNNN !
JE… JE VAIS MOURIR ?
C'EST JUSTEMENT CE QU'ON VA VOIR.
TOI, T'AURAS EU PLUS DE CHANCE QUE MOI.
FAIS-EN QUELQUE CHOSE. ET VITE. LE RÉVEIL EST POUR BIENTÔT.
JE… COMPRENDS PAS… T'ES… T'ES QUI ?
JE SUIS COMME TOI.
ET C'EST MAINTENANT QUE TOUT COMMENCE.

HÔPITAL DE SAINTE-FORGE.
GAH!!
C'EST IMPOSSIBLE...
CRASH!
VITE ! ALLEZ CHERCHER LE DOCTEUR !
FISTON ?
JE VAIS BIEN... JE VIENS DE ME RÉVEILLER.

* "Y'A", CHANSON DE SAÏAN SUPA CREW.

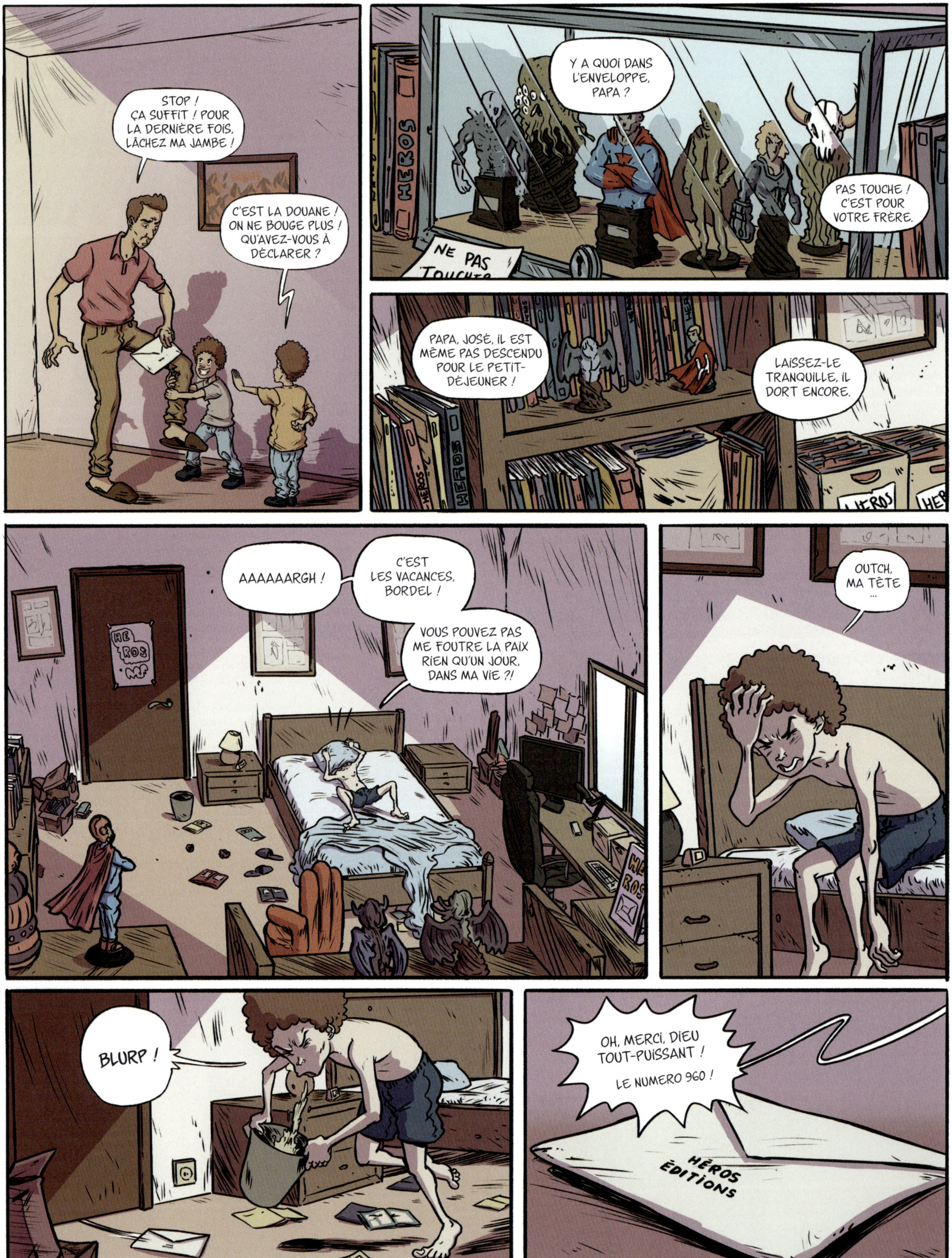
STOP ! ÇA SUFFIT ! POUR LA DERNIÈRE FOIS, LÂCHEZ MA JAMBE !
C'EST LA DOUANE ! ON NE BOUGE PLUS ! QU'AVEZ-VOUS À DÉCLARER ?
Y A QUOI DANS L'ENVELOPPE, PAPA ?
HÉROS
NE PAS TOUCHER
PAS TOUCHE ! C'EST POUR VOTRE FRÈRE.
PAPA, JOSÉ, IL EST MÊME PAS DESCENDU POUR LE PETIT-DÉJEUNER !
LAISSEZ-LE TRANQUILLE, IL DORT ENCORE.
HÉROS
HEROS
AAAAAARGH !
C'EST LES VACANCES, BORDEL !
VOUS POUVEZ PAS ME FOUTRE LA PAIX RIEN QU'UN JOUR, DANS MA VIE ?!
HE ROS MF
OUTCH, MA TÊTE ...
BLURP !
OH, MERCI, DIEU TOUT-PUISSANT !
LE NUMERO 960 !
HÉROS ÉDITIONS

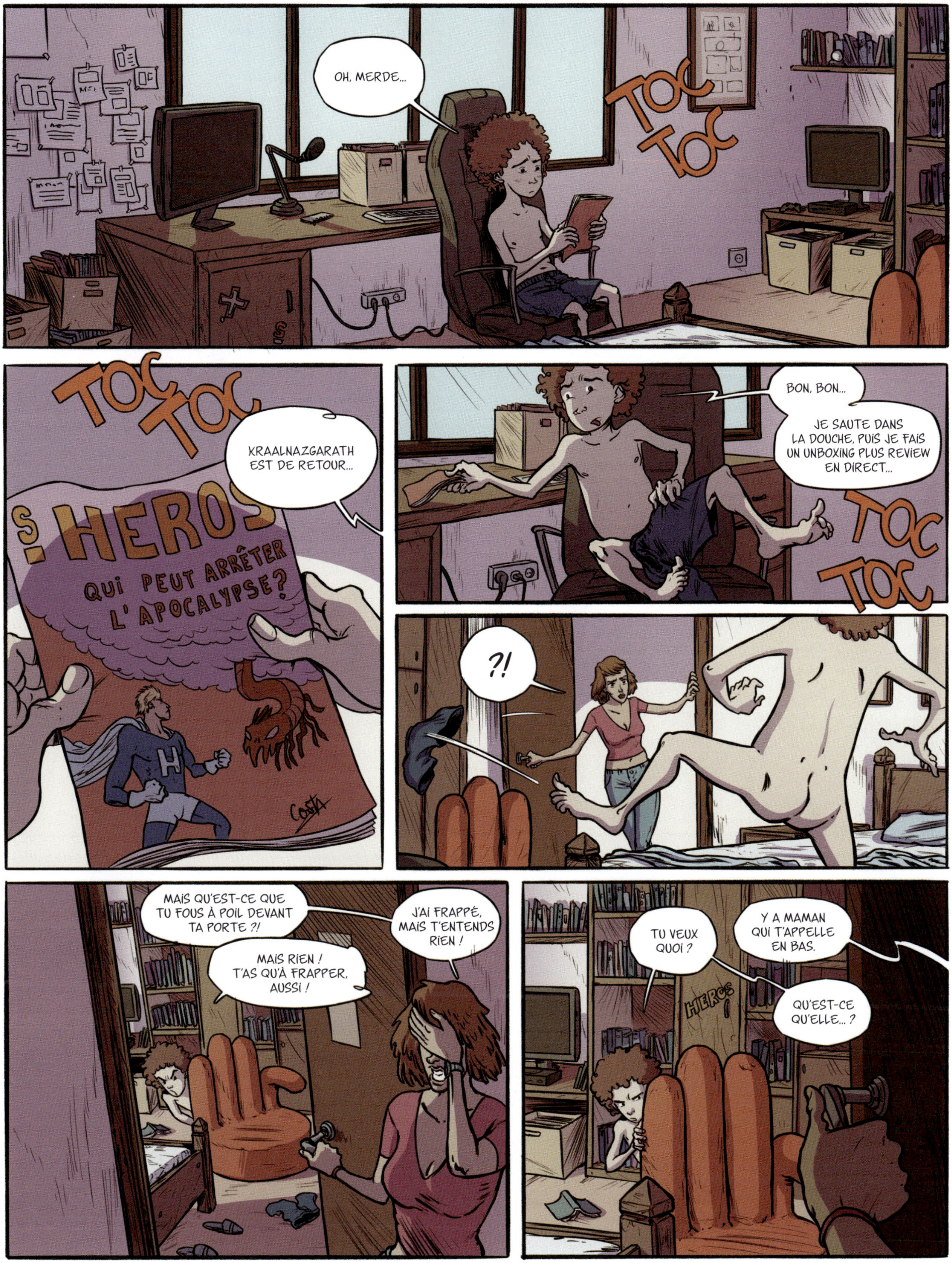
OH, MERDE...
TOC TOC
TOC TOC
KRAALNAZGARATH EST DE RETOUR...
HEROS
QUI PEUT ARRÊTER L'APOCALYPSE?
COSTA
BON, BON...
JE SAUTE DANS LA DOUCHE, PUIS JE FAIS UN UNBOXING PLUS REVIEW EN DIRECT...
TOC TOC
?!
MAIS QU'EST-CE QUE TU FOUS À POIL DEVANT TA PORTE ?!
MAIS RIEN ! T'AS QU'À FRAPPER, AUSSI !
J'AI FRAPPÉ, MAIS T'ENTENDS RIEN !
Y A MAMAN QUI T'APPELLE EN BAS.
TU VEUX QUOI ?
HEROS
QU'EST-CE QU'ELLE... ?

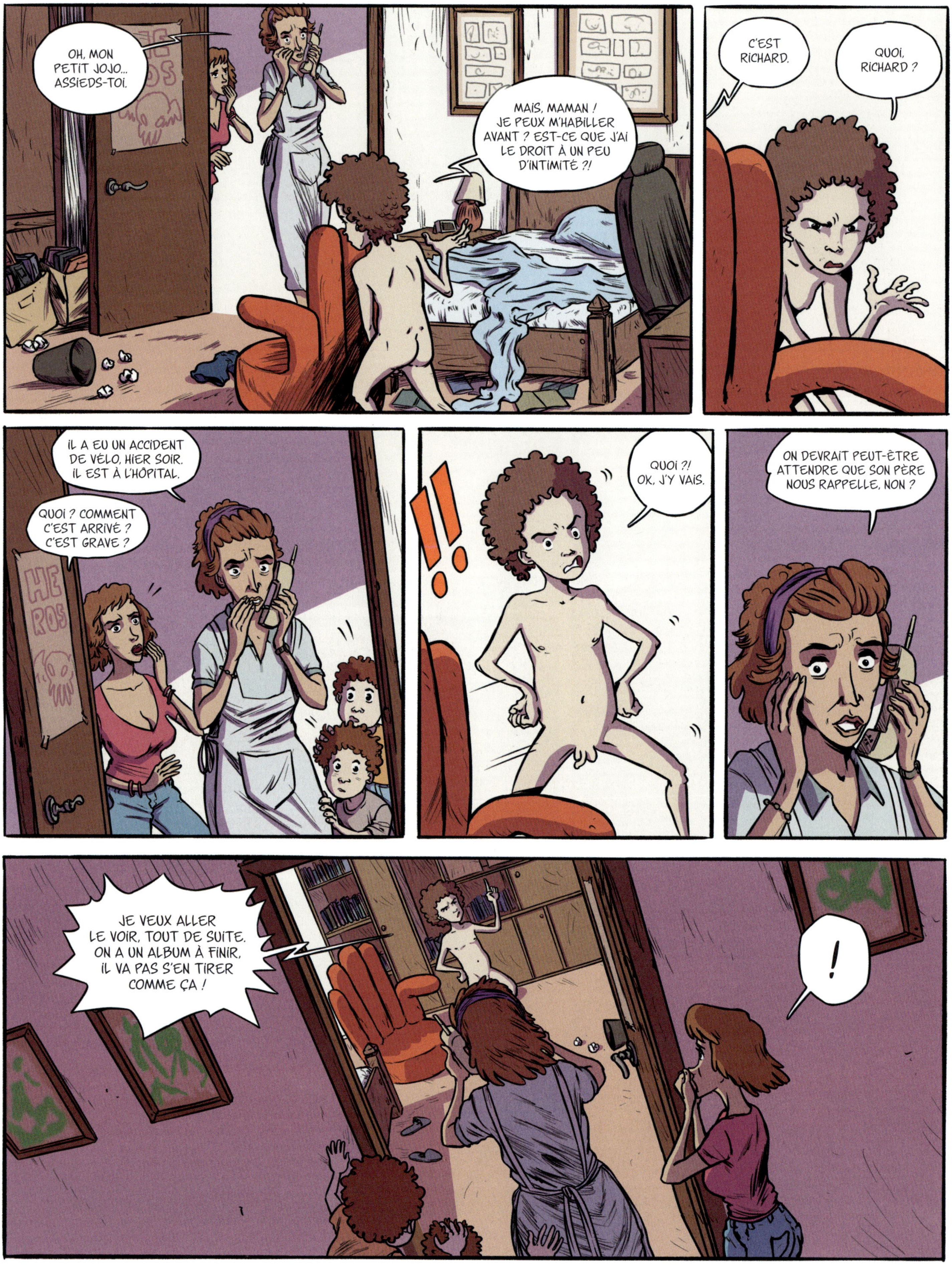
OH, MON PETIT JOJO... ASSIEDS-TOI.
MAIS, MAMAN ! JE PEUX M'HABILLER AVANT ? EST-CE QUE J'AI LE DROIT À UN PEU D'INTIMITÉ ?!
C'EST RICHARD.
QUOI, RICHARD ?
IL A EU UN ACCIDENT DE VÉLO, HIER SOIR. IL EST À L'HÔPITAL.
QUOI ? COMMENT C'EST ARRIVÉ ? C'EST GRAVE ?
!!
QUOI ?! OK, J'Y VAIS.
ON DEVRAIT PEUT-ÊTRE ATTENDRE QUE SON PÈRE NOUS RAPPELLE, NON ?
JE VEUX ALLER LE VOIR, TOUT DE SUITE. ON A UN ALBUM À FINIR, IL VA PAS S'EN TIRER COMME ÇA !
!

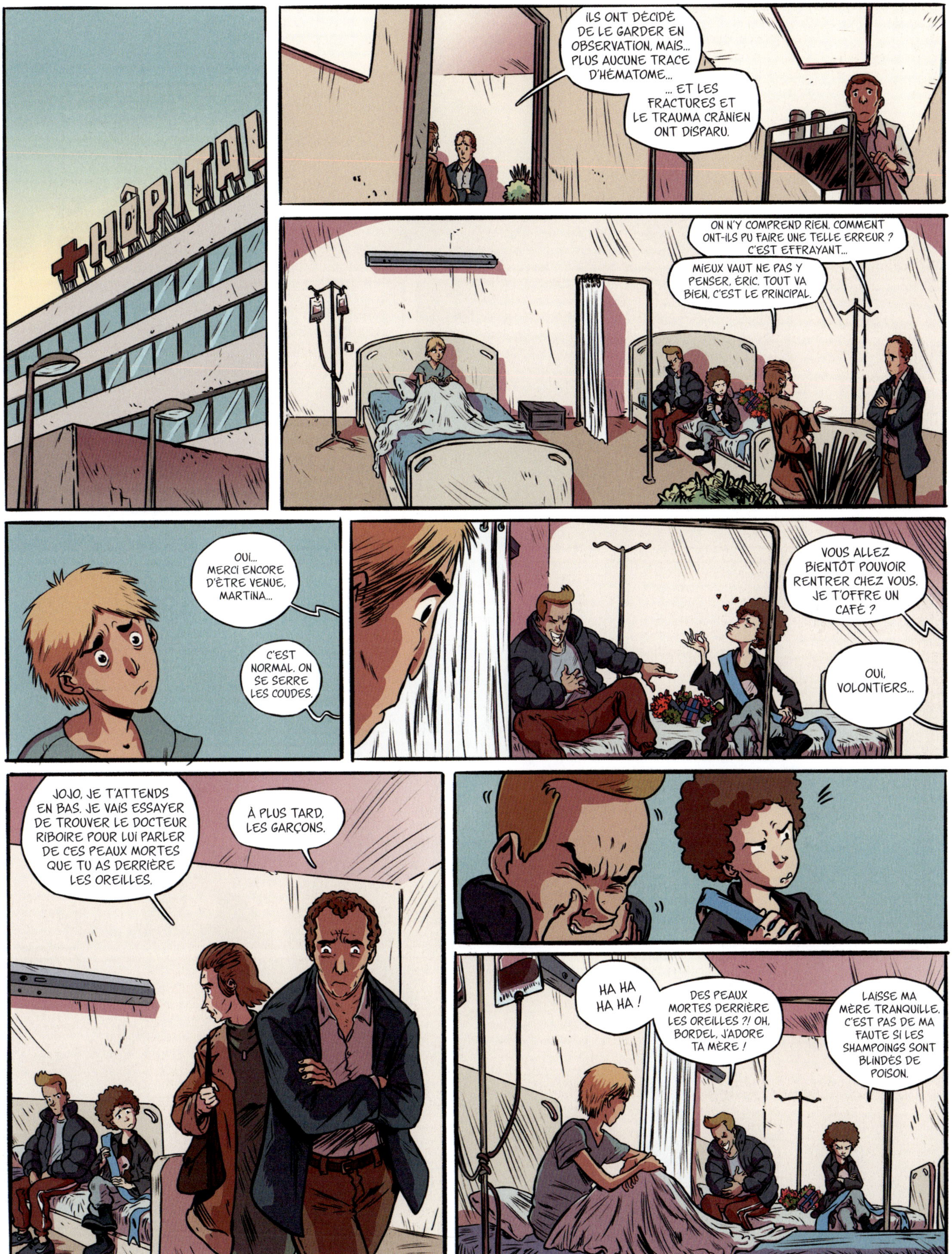
HÔPITAL
ILS ONT DÉCIDÉ DE LE GARDER EN OBSERVATION, MAIS... PLUS AUCUNE TRACE D'HÉMATOME...
... ET LES FRACTURES ET LE TRAUMA CRÂNIEN ONT DISPARU.
ON N'Y COMPREND RIEN. COMMENT ONT-ILS PU FAIRE UNE TELLE ERREUR ? C'EST EFFRAYANT...
MIEUX VAUT NE PAS Y PENSER, ÉRIC. TOUT VA BIEN, C'EST LE PRINCIPAL.
OUI... MERCI ENCORE D'ÊTRE VENUE, MARTINA...
C'EST NORMAL. ON SE SERRE LES COUDES.
VOUS ALLEZ BIENTÔT POUVOIR RENTRER CHEZ VOUS. JE T'OFFRE UN CAFÉ ?
OUI, VOLONTIERS...
JOJO, JE T'ATTENDS EN BAS. JE VAIS ESSAYER DE TROUVER LE DOCTEUR RIBOIRE POUR LUI PARLER DE CES PEAUX MORTES QUE TU AS DERRIÈRE LES OREILLES.
À PLUS TARD, LES GARÇONS.
HA HA HA HA !
DES PEAUX MORTES DERRIÈRE LES OREILLES ?! OH, BORDEL, J'ADORE TA MÈRE !
LAISSE MA MÈRE TRANQUILLE. C'EST PAS DE MA FAUTE SI LES SHAMPOINGS SONT BLINDÉS DE POISON.

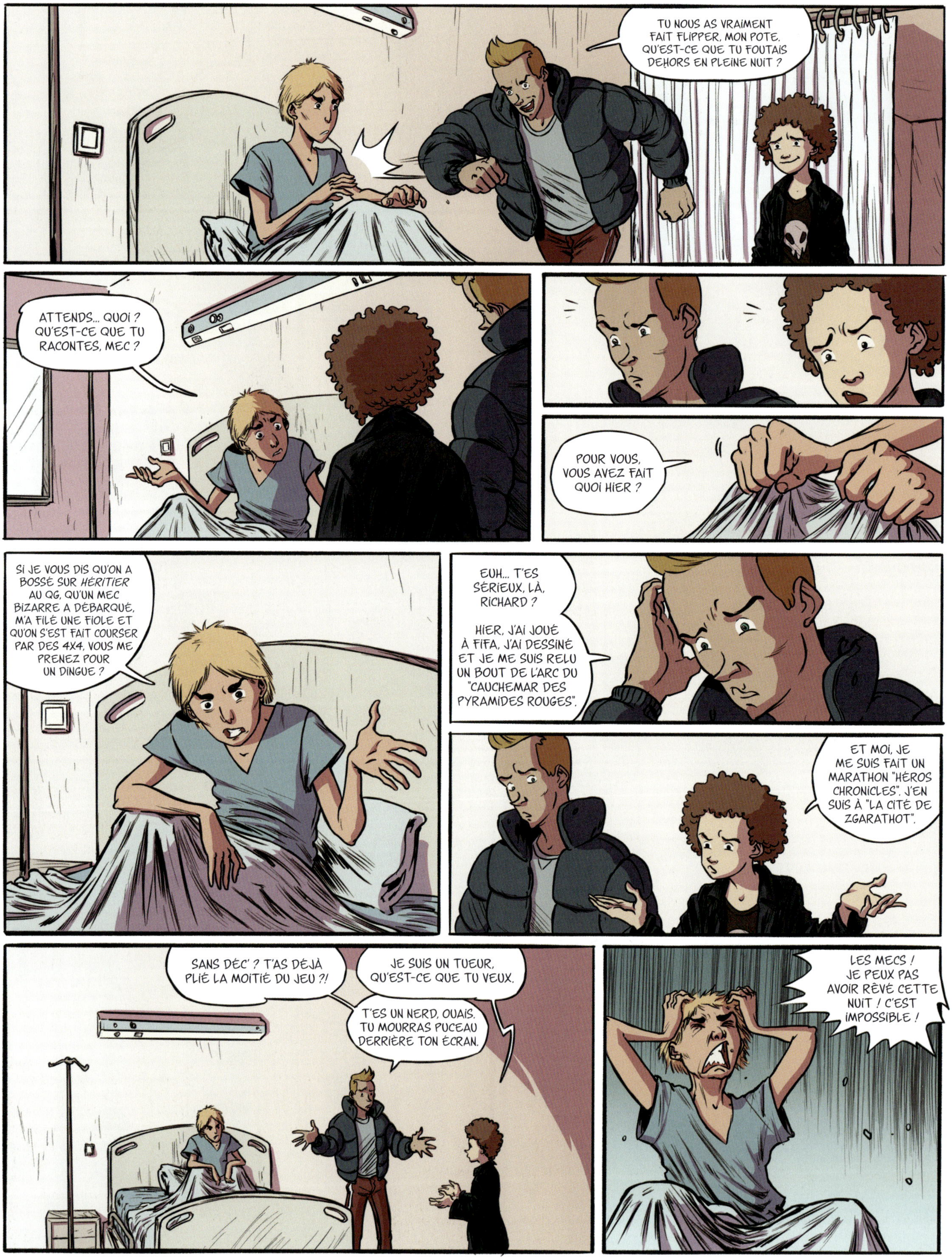
TU NOUS AS VRAIMENT FAIT FLIPPER, MON POTE. QU'EST-CE QUE TU FOUTAIS DEHORS EN PLEINE NUIT ?
ATTENDS... QUOI ? QU'EST-CE QUE TU RACONTES, MEC ?
POUR VOUS, VOUS AVEZ FAIT QUOI HIER ?
SI JE VOUS DIS QU'ON A BOSSÉ SUR HÉRITIER AU QG, QU'UN MEC BIZARRE A DÉBARQUÉ, M'A FILÉ UNE FIOLE ET QU'ON S'EST FAIT COURSER PAR DES 4X4, VOUS ME PRENEZ POUR UN DINGUE ?
EUH... T'ES SÉRIEUX, LÀ, RICHARD ?
HIER, J'AI JOUÉ À FIFA, J'AI DESSINÉ ET JE ME SUIS RELU UN BOUT DE L'ARC DU "CAUCHEMAR DES PYRAMIDES ROUGES".
ET MOI, JE ME SUIS FAIT UN MARATHON "HÉROS CHRONICLES". J'EN SUIS À "LA CITÉ DE ZGARATHOT".
SANS DÉC' ? T'AS DÉJÀ PLIÉ LA MOITIÉ DU JEU ?!
JE SUIS UN TUEUR, QU'EST-CE QUE TU VEUX.
T'ES UN NERD, OUAIS. TU MOURRAS PUCEAU DERRIÈRE TON ÉCRAN.
LES MECS ! JE PEUX PAS AVOIR RÊVÉ CETTE NUIT ! C'EST IMPOSSIBLE !

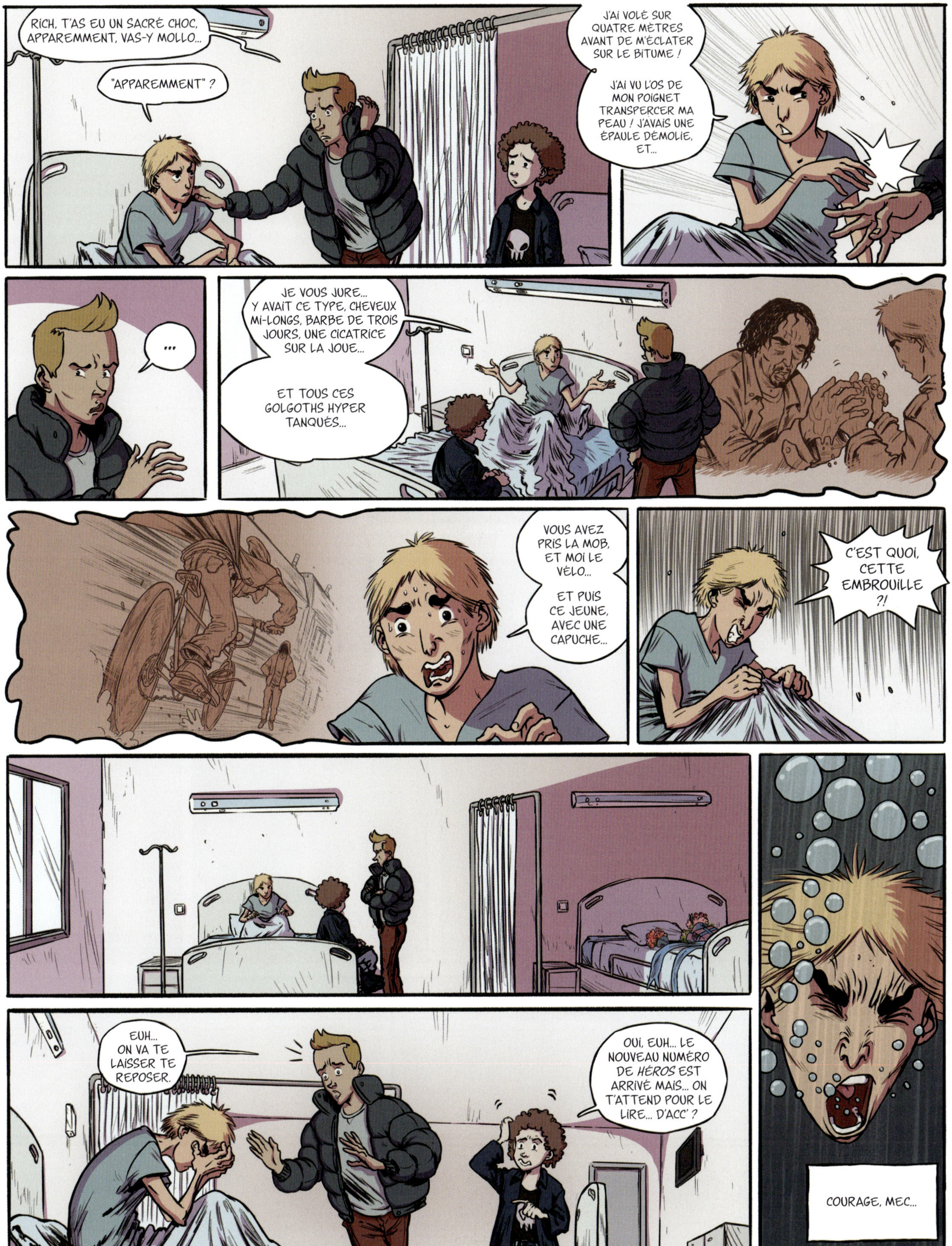
RICH, T'AS EU UN SACRÉ CHOC, APPAREMMENT, VAS-Y MOLLO...
"APPAREMMENT" ?
J'AI VOLÉ SUR QUATRE MÈTRES AVANT DE M'ÉCLATER SUR LE BITUME !
J'AI VU L'OS DE MON POIGNET TRANSPERCER MA PEAU ! J'AVAIS UNE ÉPAULE DÉMOLIE, ET...
...
JE VOUS JURE... Y AVAIT CE TYPE, CHEVEUX MI-LONGS, BARBE DE TROIS JOURS, UNE CICATRICE SUR LA JOUE...
ET TOUS CES GOLGOTHS HYPER TANQUÉS...
VOUS AVEZ PRIS LA MOB, ET MOI LE VÉLO...
ET PUIS CE JEUNE, AVEC UNE CAPUCHE...
C'EST QUOI, CETTE EMBROUILLE ?!
EUH... ON VA TE LAISSER TE REPOSER.
OUI, EUH... LE NOUVEAU NUMÉRO DE *HÉROS* EST ARRIVÉ MAIS... ON T'ATTEND POUR LE LIRE... D'ACC' ?
COURAGE, MEC...

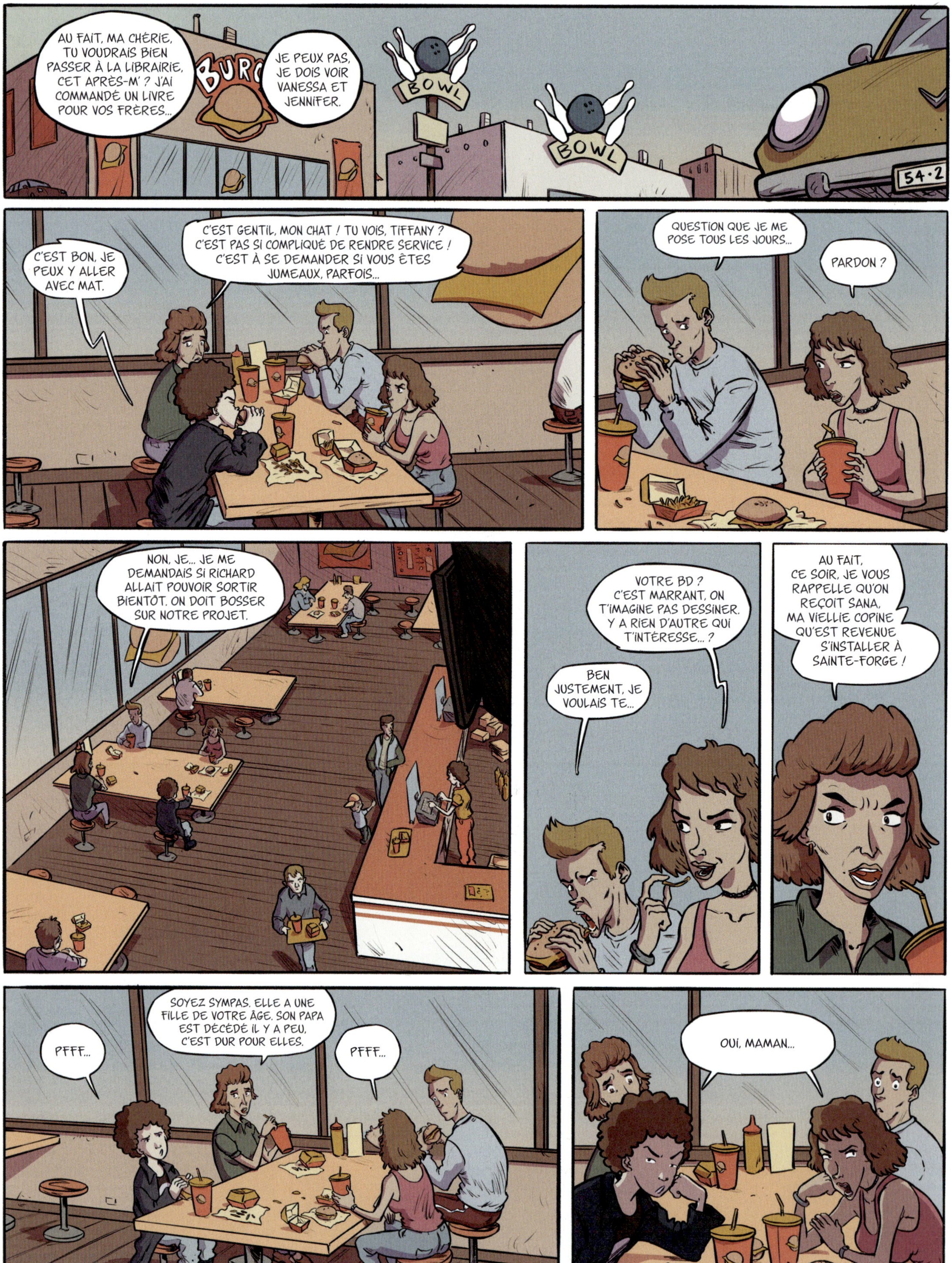
AU FAIT, MA CHÉRIE, TU VOUDRAIS BIEN PASSER À LA LIBRAIRIE, CET APRÈS-M' ? J'AI COMMANDÉ UN LIVRE POUR VOS FRÈRES...
JE PEUX PAS, JE DOIS VOIR VANESSA ET JENNIFER.
BOWL
BOWL
C'EST BON, JE PEUX Y ALLER AVEC MAT.
C'EST GENTIL, MON CHAT ! TU VOIS, TIFFANY ? C'EST PAS SI COMPLIQUÉ DE RENDRE SERVICE ! C'EST À SE DEMANDER SI VOUS ÊTES JUMEAUX, PARFOIS...
QUESTION QUE JE ME POSE TOUS LES JOURS...
PARDON ?
NON, JE... JE ME DEMANDAIS SI RICHARD ALLAIT POUVOIR SORTIR BIENTÔT. ON DOIT BOSSER SUR NOTRE PROJET.
VOTRE BD ? C'EST MARRANT, ON T'IMAGINE PAS DESSINER. Y A RIEN D'AUTRE QUI T'INTÉRESSE... ?
BEN JUSTEMENT, JE VOULAIS TE...
AU FAIT, CE SOIR, JE VOUS RAPPELLE QU'ON REÇOIT SANA, MA VIELLIE COPINE QU'EST REVENUE S'INSTALLER À SAINTE-FORGE !
PFFF...
SOYEZ SYMPAS. ELLE A UNE FILLE DE VOTRE ÂGE. SON PAPA EST DÉCÉDÉ IL Y A PEU, C'EST DUR POUR ELLES.
PFFF...
OUI, MAMAN...

LIBRAIRIE A. MOULIN
BIZARRE, Y A PERSONNE ?
NOUS SOMMES OUVERTS
JE VAIS VOIR S'IL EST DANS LA SECTION BD.
HÉROS
BLUEBERRY
CONAN
X MAN
J'ARRIVE.
NE PAS TOUCHER PAS A VENDRE
PLANCHE ORIGINALE HÉROS #11, PAG 4 1954 . VALOGNES
Valognes
SALUT THIERRY.
HEROS
JOSÉ, TU TOUCHES, TU PAIES.
J'AI TOUJOURS PAS RÉUSSI À RAFISTOLER LE NUMERO 420 QUE T'AVAIS "REGARDÉ".
OUI, OUI... HÉ, DIS-MOI, M'SIEUR ARMAND EST PAS LÀ ? J'SUIS VENU CHERCHER LA COMMANDE DE MA MÈRE.
MON CHER ONCLE N'A PAS DAIGNÉ SE MONTRER DEPUIS HIER, ET JE ME RETROUVE À TOUT GÉRER. SI SA MAJESTÉ VEUT BIEN PATIENTER UN INSTANT, JE M'OCCUPE D'ELLE.
JE SUIS PAS PRESSÉ.

T'AS REÇU LE NOUVEAU NUMÉRO ? KRAALNAZGARATH REVIENT.
ME SPOILE PAS. JE L'AI PAS ENCORE LU. ON ATTEND RICHARD. IL A EU UN ACCI...
POUR MOI, C'EST UN NUMÉRO DÉCEVANT. C'EST VRAIMENT L'UN DES ARCS LES PLUS PITEUX DE COSTA.
HÉROS
BEN, ÇA DOIT PAS ÊTRE FACILE DE TENIR UN TEL NIVEAU SUR UN SI GRAND NOMBRE D'ANNÉES, SURTOUT APRÈS VALOGNES...
HA HA, LE GRAND MAÎTRE VALOGNES QUI A PASSÉ LA MAIN À COSTA, L'ÉLÈVE PRODIGE... TU GOBES ÇA, TOI ? VALOGNES ET COSTA N'EXISTENT PAS. SI PERSONNE NE LES A JAMAIS VUS, C'EST QU'IL Y A TOUT UN STUDIO DERRIÈRE CES PSEUDOS.
SHU CHAN
ÉCLAIRANTE, TA THÉORIE. MAIS VENANT D'UN MEC QUI PRÉFÈRE "HÉROS, À TRAVERS LES ÂGES" À "HÉROS, LES INVESTIGATEURS", PERMETS-MOI D'EN DOUTER.
SI ÇA TE FAIT PLAISIR.
?
BRUNO, TA COMMANDE.
HÉ, DON JOSÉ !
T'ES VENU M'ACHETER LE NOUVEAU NUMÉRO ? TROP SYMPA...
CRAC !
HÉROS

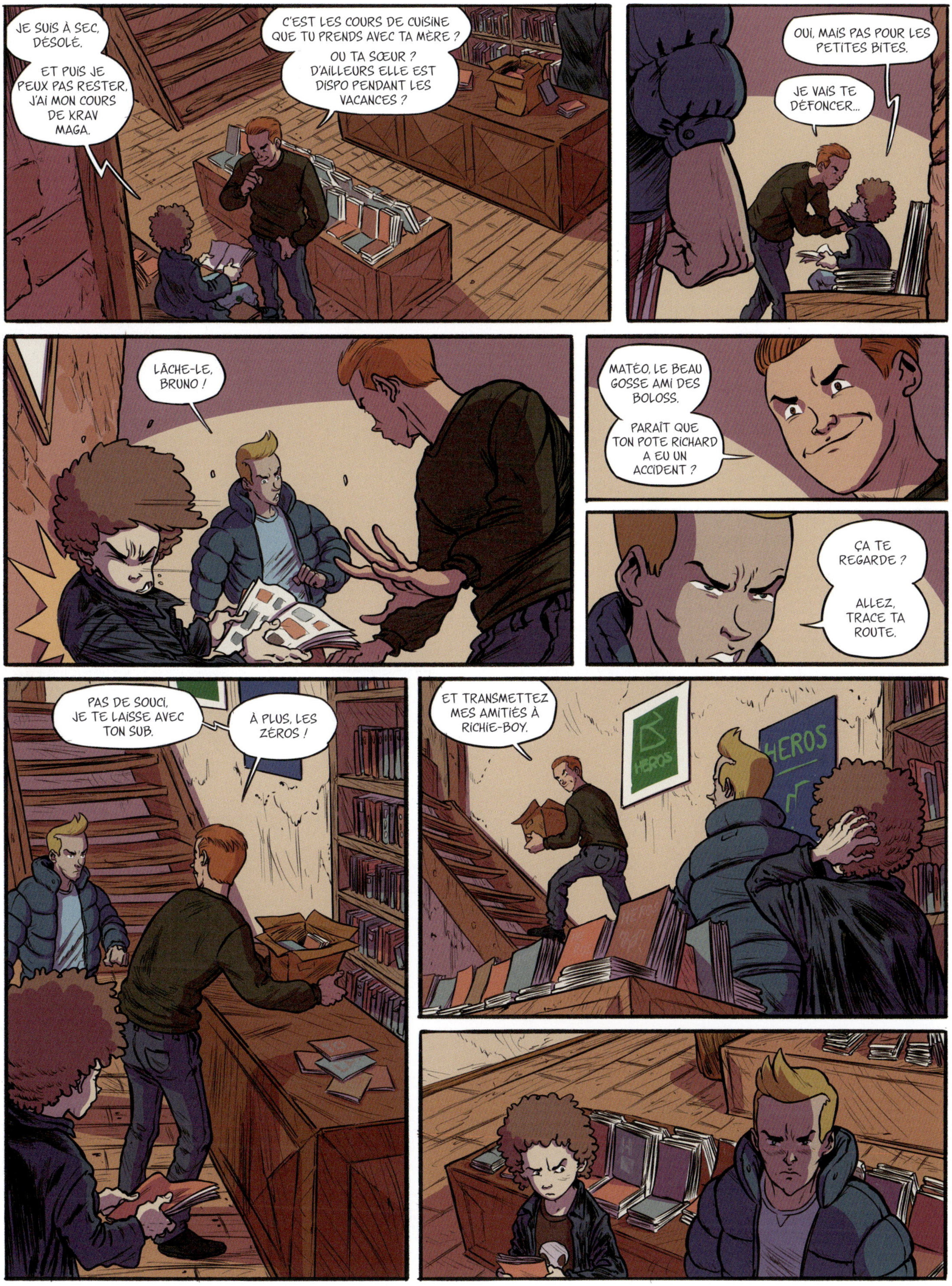
JE SUIS À SEC, DÉSOLÉ.
ET PUIS JE PEUX PAS RESTER, J'AI MON COURS DE KRAV MAGA.
C'EST LES COURS DE CUISINE QUE TU PRENDS AVEC TA MÈRE ?
OU TA SŒUR ? D'AILLEURS ELLE EST DISPO PENDANT LES VACANCES ?
OUI, MAIS PAS POUR LES PETITES BITES.
JE VAIS TE DÉFONCER...
LÂCHE-LE, BRUNO !
MATÉO, LE BEAU GOSSE AMI DES BOLOSS.
PARAÎT QUE TON POTE RICHARD A EU UN ACCIDENT ?
ÇA TE REGARDE ?
ALLEZ, TRACE TA ROUTE.
PAS DE SOUCI, JE TE LAISSE AVEC TON SUB.
À PLUS, LES ZÉROS !
ET TRANSMETTEZ MES AMITIÉS À RICHIE-BOY.
HEROS

ÇA NE DEVAIT PAS
SE PASSER COMME ÇA...
TEKE
TEKE

S'IL VOUS PLAÎT...
CHAUD... J'AI TROP CHAUD...
FAIS-EN QUELQUE CHOSE. ET VITE. LE RÉVEIL EST POUR BIENTÔT.
CLAK

RICHARD ? QU'EST-CE QUE TU FAIS ICI ?
!!
!!
TIENS BON, MON GRAND. JE TE RAMÈNE DANS TA CHAMBRE.
CRAK
CRAK
CRAK !
AAAAARGH !

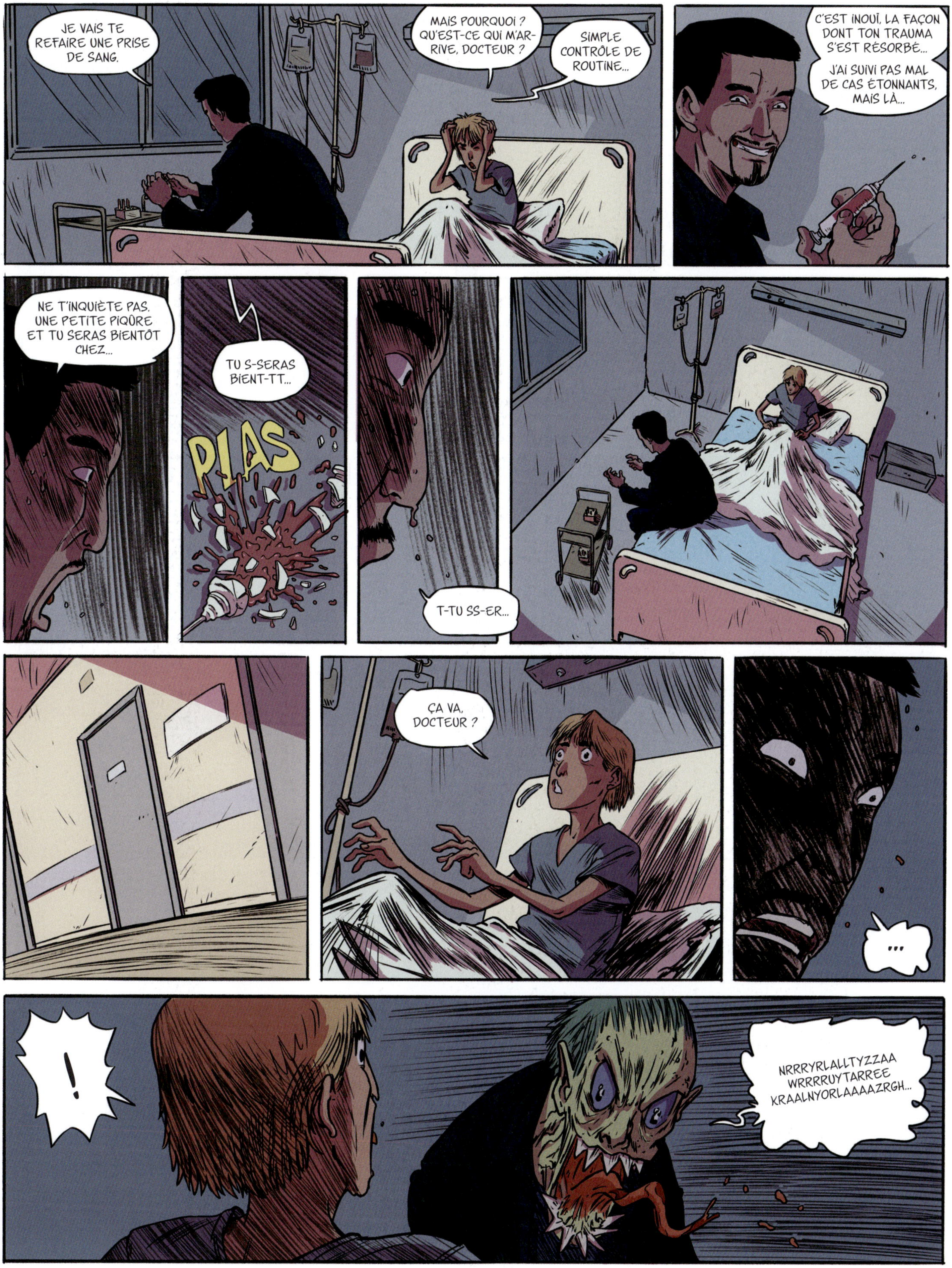
JE VAIS TE REFAIRE UNE PRISE DE SANG.
MAIS POURQUOI ? QU'EST-CE QUI M'AR-RIVE, DOCTEUR ?
SIMPLE CONTRÔLE DE ROUTINE...
C'EST INOUÏ, LA FAÇON DONT TON TRAUMA S'EST RÉSORBÉ...
J'AI SUIVI PAS MAL DE CAS ÉTONNANTS, MAIS LÀ...
NE T'INQUIÈTE PAS. UNE PETITE PIQÛRE ET TU SERAS BIENTÔT CHEZ...
TU S-SERAS BIENT-TT...
PLAS
T-TU SS-ER...
ÇA VA, DOCTEUR ?
...
!
NRRRYRLALLTYZZAA WRRRRUYTARREE KRAALNYORLAAAAZRGH...

D-DOCTEUR, C'EST QUOI CE... ?!
BORDEL !
AH !
NRYYYYRLATHRTPP WYRTEZAGHJIUJIIIII...
NRLYRRTYRIIIII KRAALNALZGARA-THROTRRRTHRAAL...
ARRIÈRE !
ARRIÈRE !
QU'EST-CE QUI SE PASSE ICI ?
GNN...
DOCTEUR !
WAOUH...
... C'EST... MOI QUI... ?

BOU-BOUM
BOU-BOUM
BOU-BOUM
BOU-BOUM

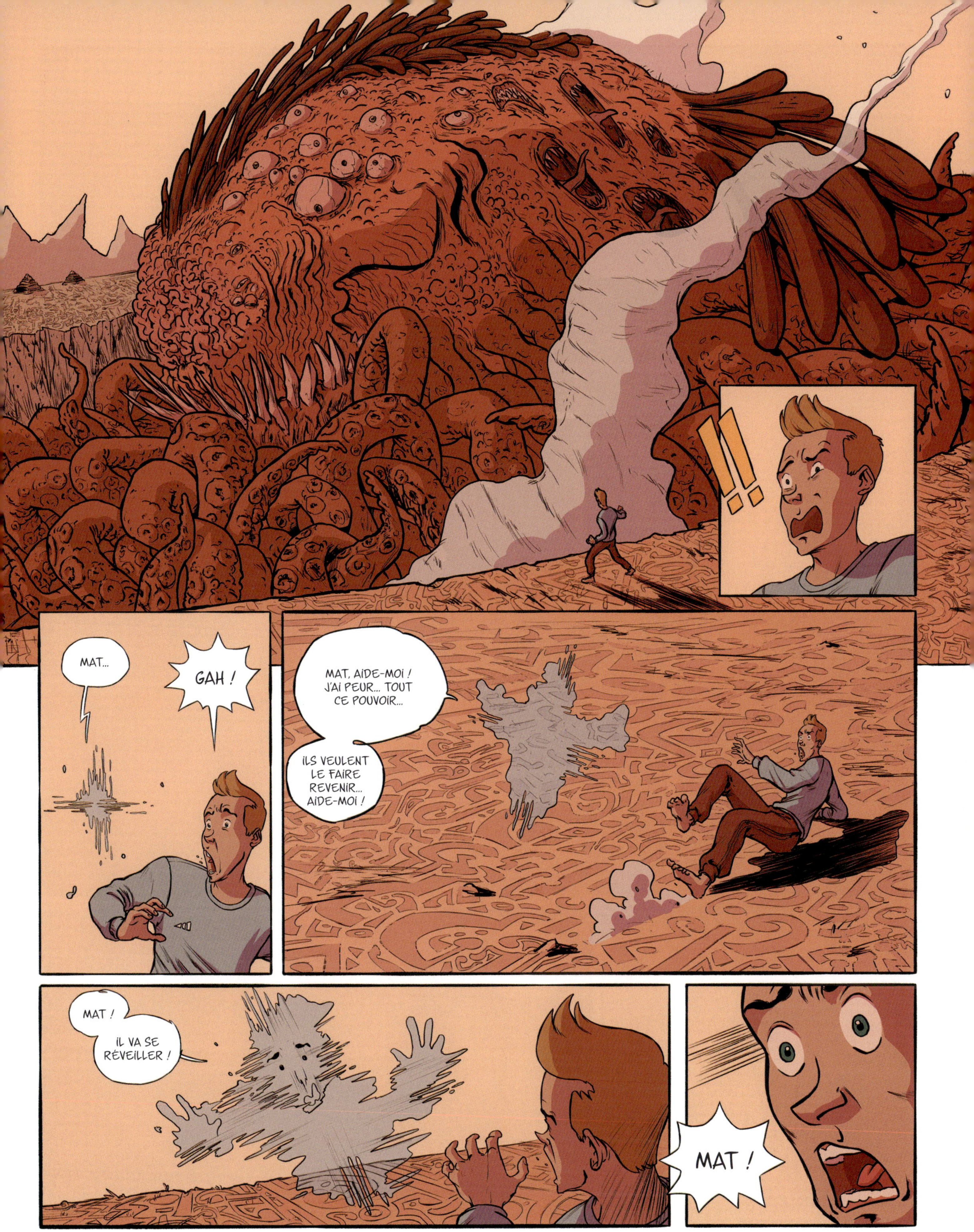
!!
MAT…
GAH !
MAT, AIDE-MOI ! J'AI PEUR… TOUT CE POUVOIR…
ILS VEULENT LE FAIRE REVENIR… AIDE-MOI !
MAT !
IL VA SE RÉVEILLER !
MAT !

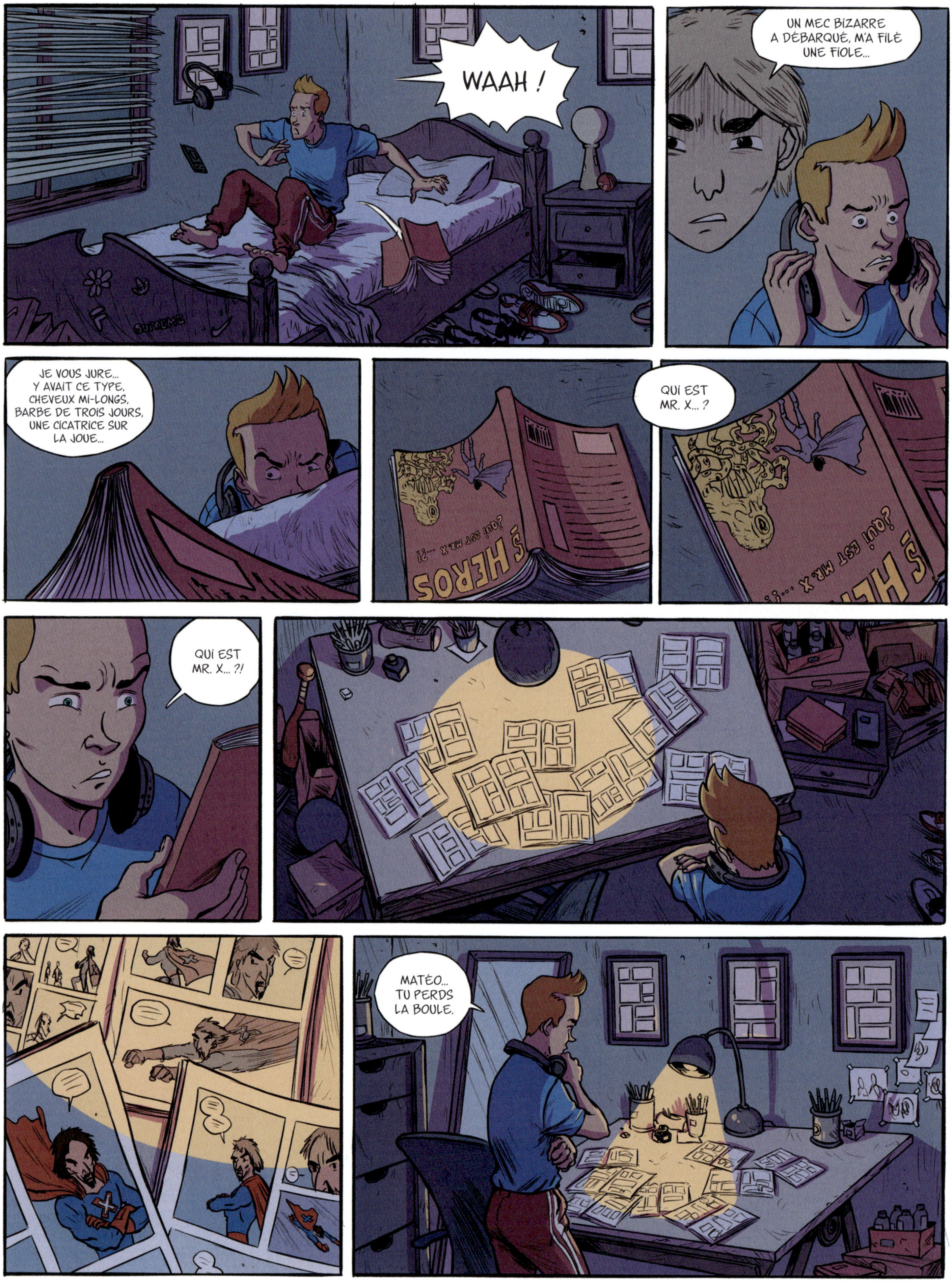
WAAH !
UN MEC BIZARRE A DÉBARQUÉ, M'A FILÉ UNE FIOLE...
JE VOUS JURE... Y AVAIT CE TYPE, CHEVEUX MI-LONGS, BARBE DE TROIS JOURS, UNE CICATRICE SUR LA JOUE...
QUI EST MR. X... ?
QUI EST MR. X... ?!
MATÉO... TU PERDS LA BOULE.

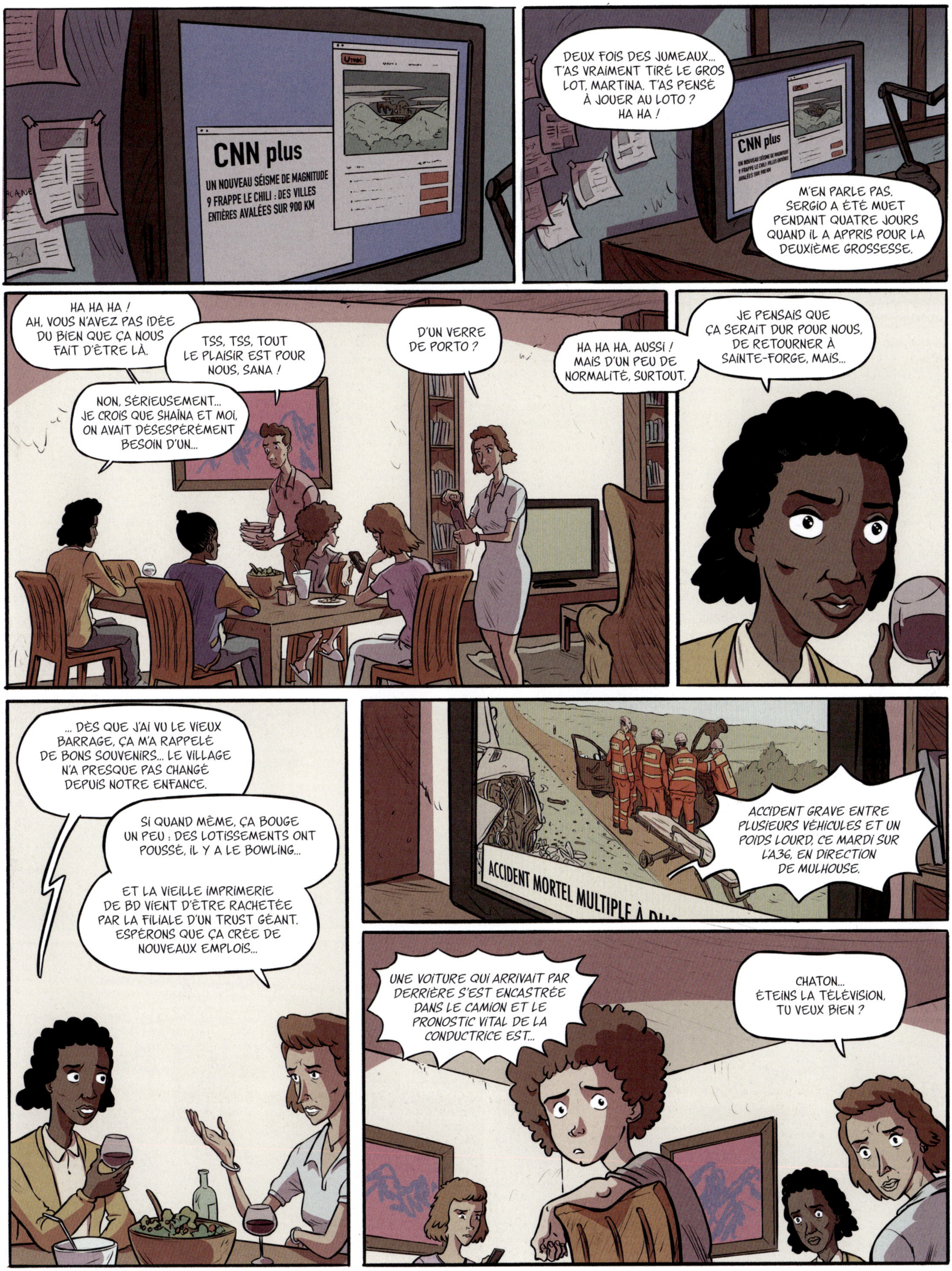
CNN plus
UN NOUVEAU SÉISME DE MAGNITUDE 9 FRAPPE LE CHILI : DES VILLES ENTIÈRES AVALÉES SUR 900 KM
DEUX FOIS DES JUMEAUX... T'AS VRAIMENT TIRÉ LE GROS LOT, MARTINA. T'AS PENSÉ À JOUER AU LOTO ? HA HA !
M'EN PARLE PAS. SERGIO A ÉTÉ MUET PENDANT QUATRE JOURS QUAND IL A APPRIS POUR LA DEUXIÈME GROSSESSE.
HA HA HA ! AH, VOUS N'AVEZ PAS IDÉE DU BIEN QUE ÇA NOUS FAIT D'ÊTRE LÀ.
TSS, TSS, TOUT LE PLAISIR EST POUR NOUS, SANA !
NON, SÉRIEUSEMENT... JE CROIS QUE SHAÏNA ET MOI, ON AVAIT DÉSESPÉRÉMENT BESOIN D'UN...
D'UN VERRE DE PORTO ?
HA HA HA. AUSSI ! MAIS D'UN PEU DE NORMALITÉ, SURTOUT.
JE PENSAIS QUE ÇA SERAIT DUR POUR NOUS, DE RETOURNER À SAINTE-FORGE, MAIS...
... DÈS QUE J'AI VU LE VIEUX BARRAGE, ÇA M'A RAPPELÉ DE BONS SOUVENIRS... LE VILLAGE N'A PRESQUE PAS CHANGÉ DEPUIS NOTRE ENFANCE.
SI QUAND MÊME, ÇA BOUGE UN PEU : DES LOTISSEMENTS ONT POUSSÉ, IL Y A LE BOWLING...
ET LA VIEILLE IMPRIMERIE DE BD VIENT D'ÊTRE RACHETÉE PAR LA FILIALE D'UN TRUST GÉANT. ESPÉRONS QUE ÇA CRÉE DE NOUVEAUX EMPLOIS...
ACCIDENT MORTEL MULTIPLE À
ACCIDENT GRAVE ENTRE PLUSIEURS VÉHICULES ET UN POIDS LOURD, CE MARDI SUR L'A36, EN DIRECTION DE MULHOUSE.
UNE VOITURE QUI ARRIVAIT PAR DERRIÈRE S'EST ENCASTRÉE DANS LE CAMION ET LE PRONOSTIC VITAL DE LA CONDUCTRICE EST...
CHATON... ÉTEINS LA TÉLÉVISION, TU VEUX BIEN ?

JOSÉ, TU ÉTEINS IMMÉDIATEMENT, SI TU VEUX GARDER TON COMPTE PLAYSTATION.
UNE MINUTE. ILS VONT PARLER DU CHILI. IL Y A EU UN TREMBLEMENT DE TERRE CATACLYSMIQUE. SUR YOUTUBE ILS DISENT QUE LA TÉLÉ A CENSURÉ LES...
TIENS, MON JOJO, POURQUOI TU N'IRAIS PAS MONTRER TA CHAMBRE À SHAÏNA ?
ET TOI, TIFFANY, PEUX-TU ALLER VÉRIFIER QUE LES PETITS DORMENT ?
BON, LÀ, C'EST LA CHAMBRE DE MA SŒUR... SI TU VEUX L'ATTENDRE.
ELLE A PLEIN DE POSTERS DE GROUPES NAZES.
?
ATTENDS, C'EST PAS DES JOUETS, CES FIGURINES....
COSTA DESSINE MIEUX LES GRANDS ANCIENS QUE VALOGNES, TU TROUVES PAS ?
TU CONNAIS ?
BIZARRE POUR UNE FILLE, HEIN ?
HE ROS
T'ES UN HARD FAN, TOI.
BON SINON, SAINTE-FORGE... C'EST SYMPA ?

BOF. GLOBALEMENT, ÇA CRAINT. IL SE PASSE AUSSI DES TRUCS BIZARRES, PARFOIS.
ENFIN, SI Y AVAIT QU'ICI.
GENRE QUOI ? LE PANNEAU DE LIMITATION DE VITESSE À CÔTÉ DE LA MATERNELLE A ÉTÉ VOLÉ ?
?
REGARDE, JE SUIS UN DES RARES À AVOIR LES TROIS ÉDITIONS DU NUMÉRO 666.
POURQUOI TU ME MONTRES ÇA ?
BEN, COMME TU...
LA NUIT DE LA CONJURATION. ARC EN VINGT-QUATRE ACTES. SHUB-NIGGURATH S'INCARNE SUR TERRE DANS LE CORPS DE SILAS. LA FLUIDITÉ DE LA NARRATION LUI A VALU LE PRIX GOLIATH DE L'IMAGINAIRE. DIRE QUE ÇA DATE DE 1986...
TU SAIS...
J'AIME BIEN TA CHAÎNE YOUTUBE.
TU LUI AS LANCÉ UN SORT ? IL EST PÉTRIFIÉ.
ALLEZ, JE TE MONTRE MA CHAMBRE ?
ON REPARLERA DE TOUT ÇA.

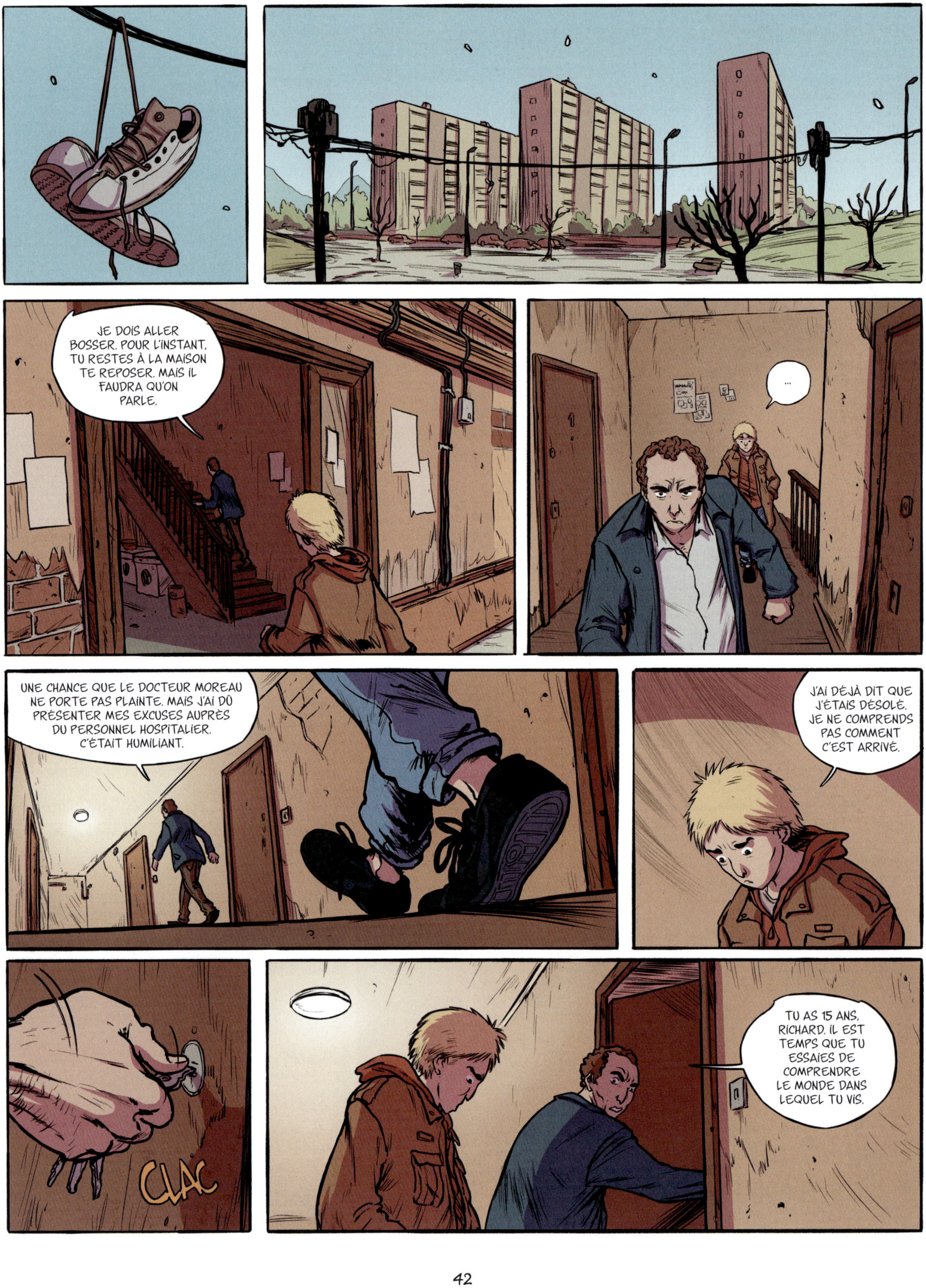
JE DOIS ALLER BOSSER. POUR L'INSTANT, TU RESTES À LA MAISON TE REPOSER. MAIS IL FAUDRA QU'ON PARLE.
...
UNE CHANCE QUE LE DOCTEUR MOREAU NE PORTE PAS PLAINTE. MAIS J'AI DÛ PRÉSENTER MES EXCUSES AUPRÈS DU PERSONNEL HOSPITALIER. C'ÉTAIT HUMILIANT.
J'AI DÉJÀ DIT QUE J'ÉTAIS DÉSOLÉ. JE NE COMPRENDS PAS COMMENT C'EST ARRIVÉ.
CLAC
TU AS 15 ANS, RICHARD. IL EST TEMPS QUE TU ESSAIES DE COMPRENDRE LE MONDE DANS LEQUEL TU VIS.

JE SUIS DÉSOLÉ.
TU M'AS TROP MANQUÉ.
TOI AUSSI, MA JEANNETTE !
JEANNE ! T'ES PAS ENCORE PRÊTE ? TU VAS ÊTRE EN RETARD POUR LA RENTRÉE. OÙ EST TON CARTABLE ?
JE VEUX RESTER À LA MAISON AUJOURD'HUI, AVEC RICHARD.
TU FAIS CE QUE JE DIS. À SEPT ANS, C'EST PAS TOI QUI FAIS LA LOI. VA CHERCHER TES AFFAIRES.
JE VEUX PAS !
T'AS DÉCIDÉ DE ME POURRIR LA MATINÉE ? J'EN AI PAS DÉJÀ EU ASSEZ ?!
AÏE ! TU ME FAIS MAL, PAPA !
LÂCHE-LA !
TU VAS PAS T'Y METTRE, TOI AUSSI ? TU CROIS QUE C'EST FACILE DE M'OCCUPER SEUL DE VOUS DEUX ?!
C'EST PAS UNE RAISON POUR ÊTRE VIOLENT.
ME DONNE PAS DE LEÇON, FILS... SURTOUT APRÈS TA PETITE AVENTURE NOCTURNE.
PAM

CETTE NUIT-LÀ, TU DEVAIS RENTRER À LA MAISON, JEANNE ÉTAIT TOUTE SEULE...
QU'EST-CE QUE TU FAISAIS DEHORS SI TARD ?!
TU FAISAIS LE MUR POUR VOIR UNE FILLE, C'EST ÇA ?
TMMMMBRRL
CLAP!
MAIS... QU'EST-CE QUE C'EST QUE CE BORDEL ?!
VOUS... VOUS ME FAITES PERDRE LA BOULE, AVEC VOS CONNERIES...
BON, ALLEZ... VIENS, JEANNE.
JE PEUX RESTER AVEC TOI ?
NON, MA PUCE... PAPA A RAISON.
TU DOIS ALLER À L'ÉCOLE.

RIIIIIIIIIIINNGG!!
BONJOUR, JE M'APPELLE SHAÏNA ET JE VIENS DE NANTES.
MA MÈRE A HABITÉ À SAINTE-FORGE QUAND ELLE ÉTAIT JEUNE.
MON GRAND-PÈRE TRAVAILLAIT À L'IMPRIMERIE. IL EST MORT IL Y A QUELQUES ANNÉES EN NOUS LAISSANT L'APPARTEMENT DANS LEQUEL ON VIENT DE SE RÉINSTALLER.
AH, ET AUSSI, MA MÈRE VOUDRAIT OUVRIR UN SALON DE THÉ DANS LE CENTRE-VILLE.
ET... JE SUIS CONTENTE D'EMMÉNAGER DANS VOTRE VILLE.
VOILÀ.
ELLE EST BONNE, LA SŒUR DE POGBA !
HAHA HAHA HAHA HAHA HAHA HAHA HAHA HAHA HAHA HAHA
ÇA TE SUFFISAIT PAS D'ÊTRE CON, MAINTENANT T'ES RACISTE.
RESTE TRANQUILLE, LE MONGOL.
PARLE PAS À MON FRÈRE COMME ÇA, BRUNO !

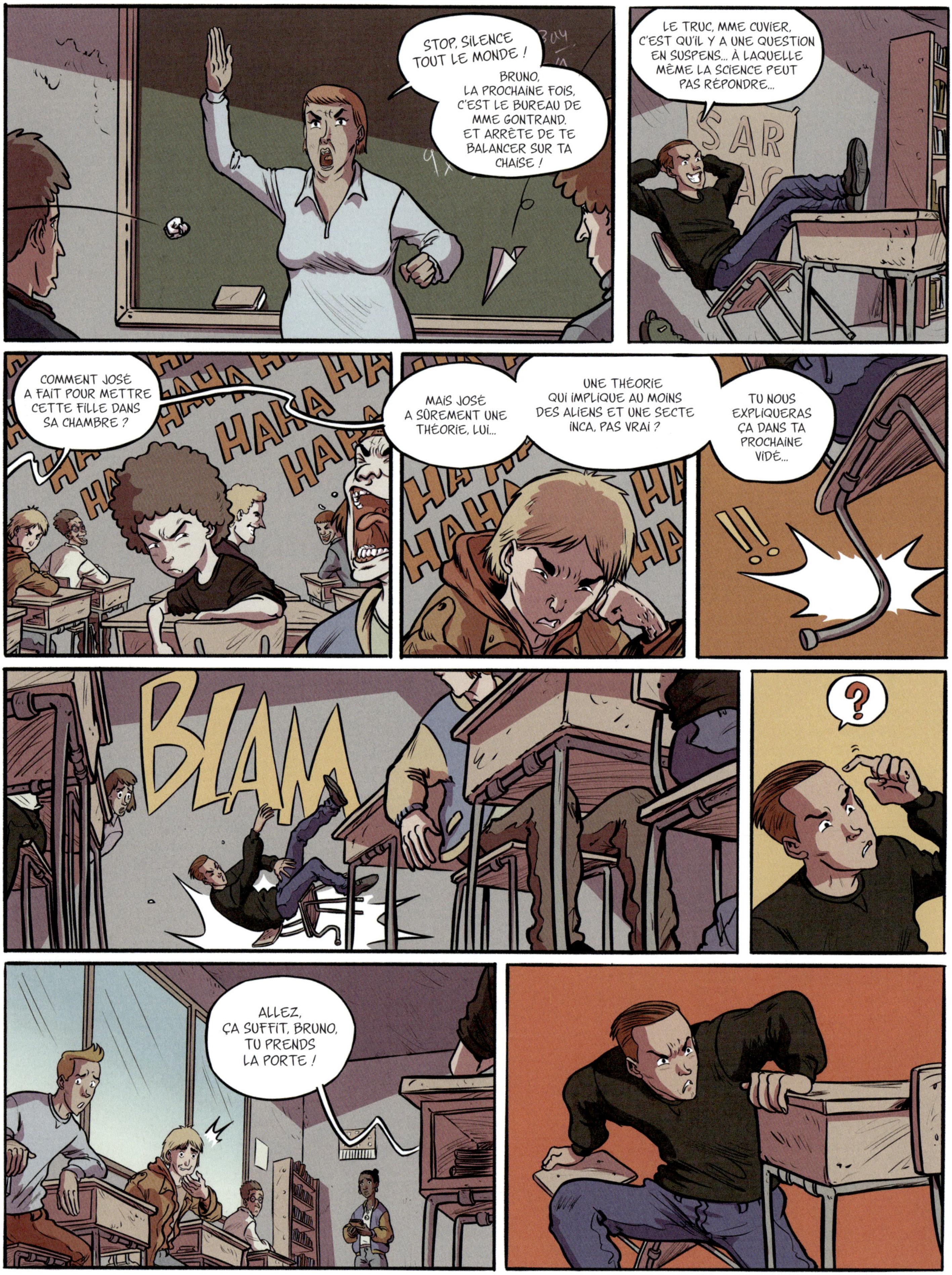
STOP, SILENCE TOUT LE MONDE !
BRUNO, LA PROCHAINE FOIS, C'EST LE BUREAU DE MME GONTRAND. ET ARRÊTE DE TE BALANCER SUR TA CHAISE !
LE TRUC, MME CUVIER, C'EST QU'IL Y A UNE QUESTION EN SUSPENS... À LAQUELLE MÊME LA SCIENCE PEUT PAS RÉPONDRE...
COMMENT JOSÉ A FAIT POUR METTRE CETTE FILLE DANS SA CHAMBRE ?
HAHAHAHA
MAIS JOSÉ A SÛREMENT UNE THÉORIE, LUI...
UNE THÉORIE QUI IMPLIQUE AU MOINS DES ALIENS ET UNE SECTE INCA, PAS VRAI ?
TU NOUS EXPLIQUERAS ÇA DANS TA PROCHAINE VIDÉ...
!!
BLAM
?
ALLEZ, ÇA SUFFIT, BRUNO, TU PRENDS LA PORTE !

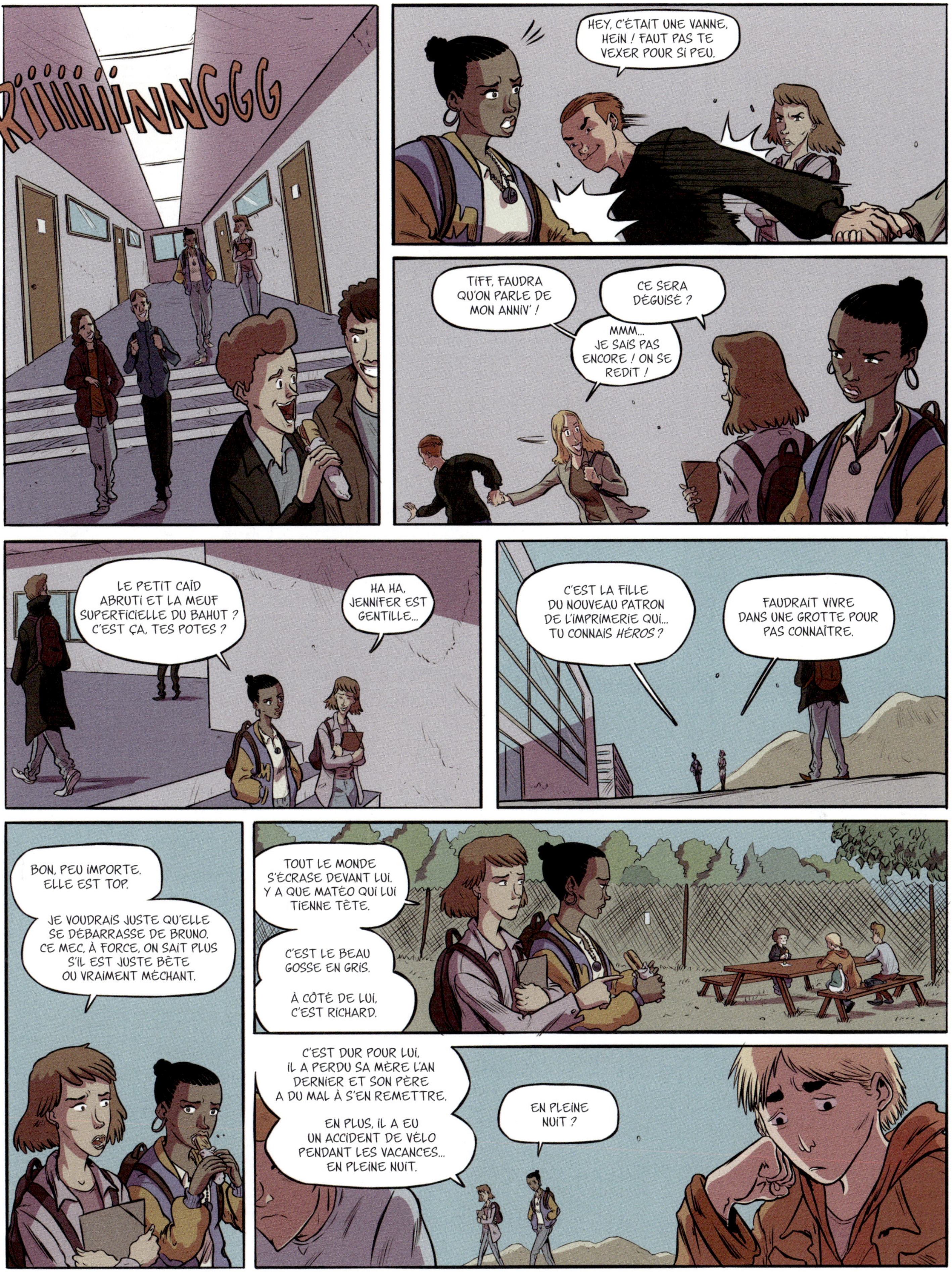
RIIIIIINNGGG
HEY, C'ÉTAIT UNE VANNE, HEIN ! FAUT PAS TE VEXER POUR SI PEU.
TIFF, FAUDRA QU'ON PARLE DE MON ANNIV' !
CE SERA DÉGUISÉ ?
MMM... JE SAIS PAS ENCORE ! ON SE REDIT !
LE PETIT CAÏD ABRUTI ET LA MEUF SUPERFICIELLE DU BAHUT ? C'EST ÇA, TES POTES ?
HA HA, JENNIFER EST GENTILLE...
C'EST LA FILLE DU NOUVEAU PATRON DE L'IMPRIMERIE QUI... TU CONNAIS HÉROS ?
FAUDRAIT VIVRE DANS UNE GROTTE POUR PAS CONNAÎTRE.
BON, PEU IMPORTE. ELLE EST TOP.
JE VOUDRAIS JUSTE QU'ELLE SE DÉBARRASSE DE BRUNO. CE MEC, À FORCE, ON SAIT PLUS S'IL EST JUSTE BÊTE OU VRAIMENT MÉCHANT.
TOUT LE MONDE S'ÉCRASE DEVANT LUI. Y A QUE MATÉO QUI LUI TIENNE TÊTE.
C'EST LE BEAU GOSSE EN GRIS.
À CÔTÉ DE LUI, C'EST RICHARD.
C'EST DUR POUR LUI, IL A PERDU SA MÈRE L'AN DERNIER ET SON PÈRE A DU MAL À S'EN REMETTRE.
EN PLUS, IL A EU UN ACCIDENT DE VÉLO PENDANT LES VACANCES... EN PLEINE NUIT.
EN PLEINE NUIT ?

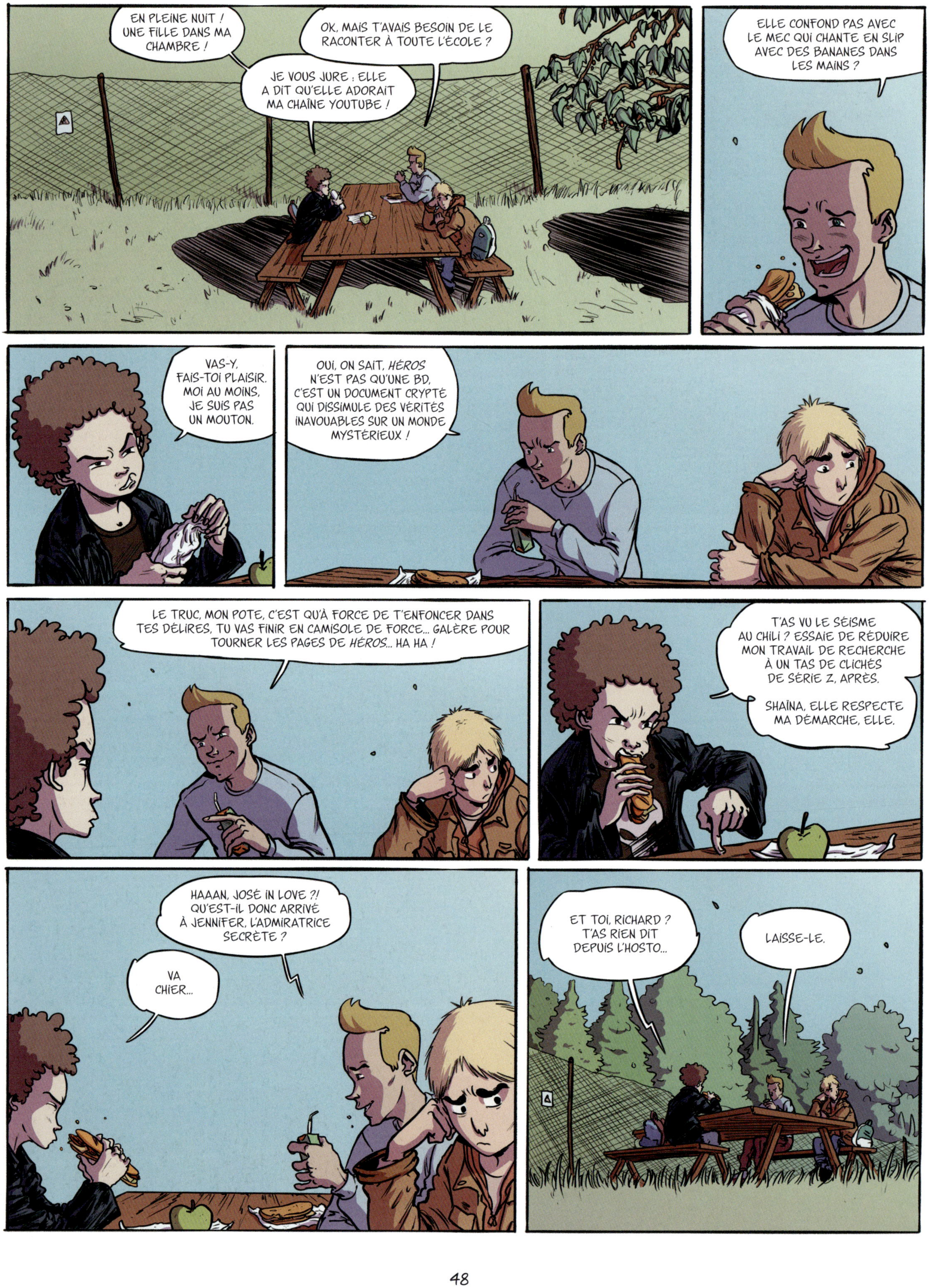
EN PLEINE NUIT ! UNE FILLE DANS MA CHAMBRE !
OK, MAIS T'AVAIS BESOIN DE LE RACONTER À TOUTE L'ÉCOLE ?
JE VOUS JURE : ELLE A DIT QU'ELLE ADORAIT MA CHAÎNE YOUTUBE !
ELLE CONFOND PAS AVEC LE MEC QUI CHANTE EN SLIP AVEC DES BANANES DANS LES MAINS ?
VAS-Y, FAIS-TOI PLAISIR. MOI AU MOINS, JE SUIS PAS UN MOUTON.
OUI, ON SAIT, *HÉROS* N'EST PAS QU'UNE BD, C'EST UN DOCUMENT CRYPTÉ QUI DISSIMULE DES VÉRITÉS INAVOUABLES SUR UN MONDE MYSTÉRIEUX !
LE TRUC, MON POTE, C'EST QU'À FORCE DE T'ENFONCER DANS TES DÉLIRES, TU VAS FINIR EN CAMISOLE DE FORCE... GALÈRE POUR TOURNER LES PAGES DE *HÉROS*... HA HA !
T'AS VU LE SÉISME AU CHILI ? ESSAIE DE RÉDUIRE MON TRAVAIL DE RECHERCHE À UN TAS DE CLICHÉS DE SÉRIE Z, APRÈS.
SHAÏNA, ELLE RESPECTE MA DÉMARCHE, ELLE.
HAAAN, JOSÉ IN LOVE ?! QU'EST-IL DONC ARRIVÉ À JENNIFER, L'ADMIRATRICE SECRÈTE ?
VA CHIER...
ET TOI, RICHARD ? T'AS RIEN DIT DEPUIS L'HOSTO...
LAISSE-LE.

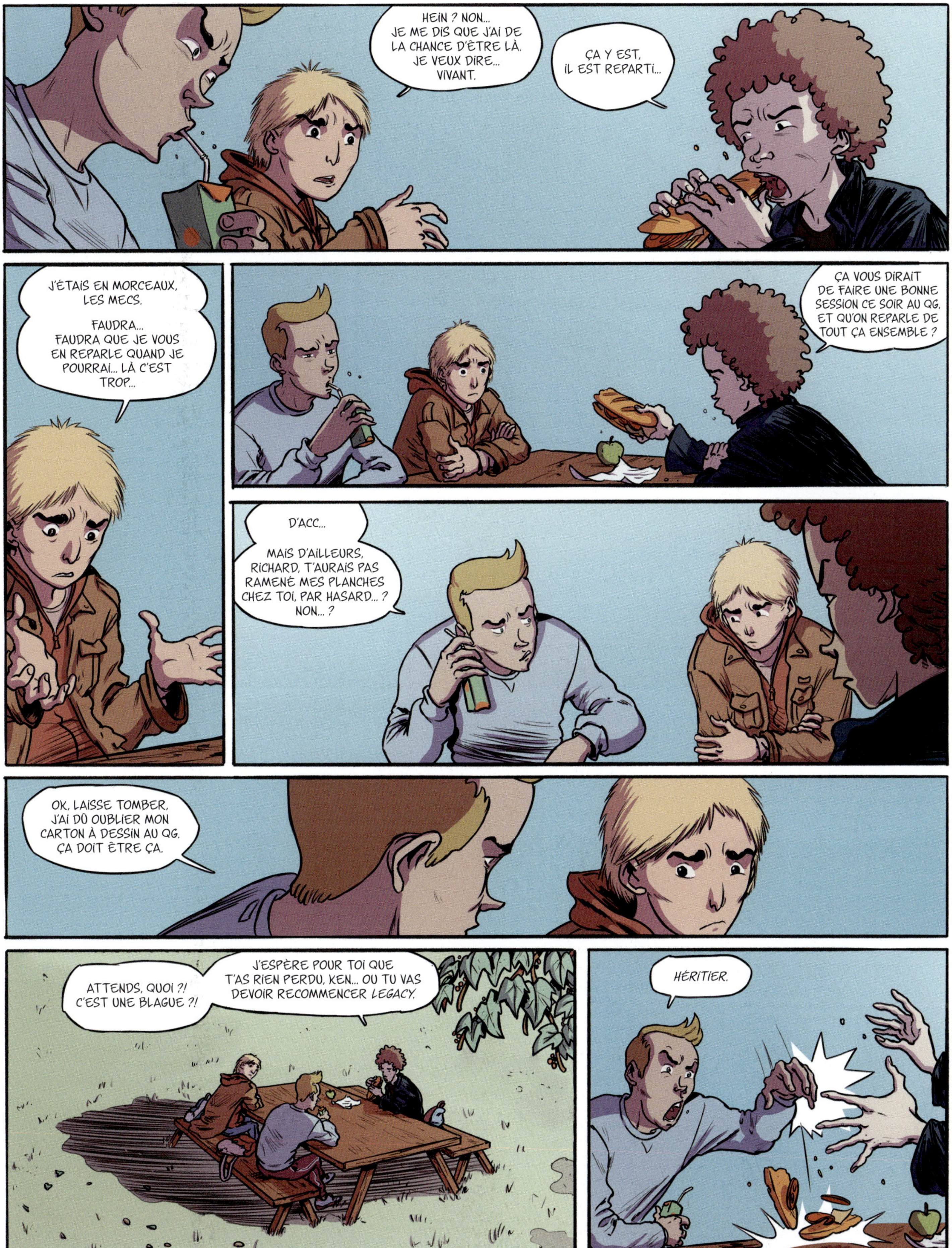
HEIN ? NON... JE ME DIS QUE J'AI DE LA CHANCE D'ÊTRE LÀ. JE VEUX DIRE... VIVANT.
ÇA Y EST, IL EST REPARTI...
J'ÉTAIS EN MORCEAUX, LES MECS.
FAUDRA... FAUDRA QUE JE VOUS EN REPARLE QUAND JE POURRAI... LÀ C'EST TROP...
ÇA VOUS DIRAIT DE FAIRE UNE BONNE SESSION CE SOIR AU QG, ET QU'ON REPARLE DE TOUT ÇA ENSEMBLE ?
D'ACC...
MAIS D'AILLEURS, RICHARD, T'AURAIS PAS RAMENÉ MES PLANCHES CHEZ TOI, PAR HASARD... ? NON... ?
OK, LAISSE TOMBER, J'AI DÛ OUBLIER MON CARTON À DESSIN AU QG. ÇA DOIT ÊTRE ÇA.
J'ESPÈRE POUR TOI QUE T'AS RIEN PERDU, KEN... OU TU VAS DEVOIR RECOMMENCER *LEGACY*.
ATTENDS, QUOI ?! C'EST UNE BLAGUE ?!
HÉRITIER.

MAMAN, J'Y VAIS !
VOIR LES POTES. 'LUT, SHAÏNA.
TU VAS OÙ, MON PETIT CHAT ?
ATTENDS, J'APPELLE TIFFANY...
NON, C'EST TOI QUE JE VIENS VOIR !
MOI ?
JE FERME ? JE VOUS LAISSE UN PEU D'INTIMITÉ. SOYEZ SAGES, HEIN.
JOSÉ, TU TE SOUVIENS QUE JE T'AI DIT QUE JE SUIVAIS TA CHAÎNE ?
JE NE SAIS PAS COMMENT LE DIRE... TU VAS PENSER QUE JE SUIS FOLLE, MAIS... JE PENSE QU'IL VA SE PASSER UN TRUC AUJOURD'HUI...
QUELQUE CHOSE LIÉ AU SÉISME AU CHILI, ET À D'AUTRES ÉVÉNEMENTS DE CES DERNIÈRES SEMAINES...
ÉCOUTE, JOSÉ. LES GRANDS ANCIENS...
ILS EXISTENT.
...
OK, BRUNO, TU PEUX SORTIR DE TA CACHETTE ! TRÈS DRÔLE !
JOSÉ, CE N'EST PAS UNE BLAGUE.
J'AI BESOIN DE TOI.
JE TE DEMANDE JUSTE DE ME FAIRE CONFIANCE.

MON PÈRE ÉTAIT GÉOLOGUE. IL TRAVAILLAIT POUR UNE GROSSE MULTINATIONALE.
IL Y A TROIS ANS, IL MENAIT UNE SÉRIE D'EXPÉRIENCES EN ANTARCTIQUE. ET DES PHÉNOMÈNES... ÉTRANGES ONT EU LIEU.
QUAND IL EST RENTRÉ, IL N'ÉTAIT PLUS LE MÊME. C'ÉTAIT COMME S'IL AVAIT VÉCU LA GUERRE.
PUIS QUAND UN DE SES COLLÈGUES S'EST SUICIDÉ, MON PÈRE A COMMENCÉ À NOUS PARLER DES CHOSES QU'IL AVAIT VUES LÀ-BAS : DES LUEURS NOCTURNES, DES APPARITIONS ...
MAIS CHAQUE FOIS QU'IL ÉTAIT SUR LE POINT DE SE CONFIER VRAIMENT, IL TOMBAIT DANS DES CRISES DE TERREUR.
C'EST À CE MOMENT-LÀ QUE J'AI DÉCOUVERT TES VIDÉOS.
TOUTES CES MANIFESTATIONS SURNATURELLES, LES DÉCRYPTAGES DE LA MYTHOLOGIE DES GRANDS ANCIENS, LES LIENS QUE TU FAISAIS AVEC *HÉROS*...
LAVABRE
ÇA COLLAIT AVEC CE QU'IL RACONTAIT. MÊME SI ÇA PARAISSAIT FOU...
ÇA M'A FAIT DU BIEN. ÇA M'A AIDÉE À ACCEPTER L'ÉTAT DE MON PÈRE.
À UN MOMENT DONNÉ, IL EST DEVENU RÉELLEMENT PARANO. IL NE SORTAIT PLUS, IL SOMBRAIT DANS LA FOLIE...
ET L'AN DERNIER... IL A EU SON "ACCIDENT" DE VOITURE. ET IL EST...
"LE RÈGNE DES GLACES" !
QUOI ?!

L'EXPÉDITION DE HÉROS JUSQU'AU CERCUEIL DES SHOGGOTHS !
L'ARC OÙ UNE SECTE MILLÉNARISTE TENTE DE RÉVEILLER GOLGOROTH ! TU SAIS, LE GRAND ANCIEN QUI RESSEMBLE À UN CRAPAUD À TENTACULES !
OUI, ET ALORS ? C'EST QUOI LE RAPPORT ?
ÇA SE PASSAIT EN ANTARCTIQUE !
ÇA VEUT DIRE QUE TU ME CROIS ?
RESERVE DE CHASSE
TU TE SOUVIENS DE CE QUE TA MÈRE A DIT PENDANT LE DÎNER, À PROPOS D'UN TRUST GÉANT QUI AVAIT RACHETÉ L'ANCIENNE IMPRIMERIE DE *HÉROS* ?
C'EST LA RAISON POUR LAQUELLE J'AI CONVAINCU MA MÈRE DE REVENIR ICI ! CE TRUST FAIT PARTIE DE LA GROSSE MULTINATIONALE QUI EMPLOYAIT MON PÈRE !
JE PENSE QU'IL ABRITE UNE SECTE INSTALLÉE À SAINTE-FORGE !
"LA LOGE DE LA LUNE POURPRE"... ET JE SUIS PERSUADÉE QU'ILS VONT SE RÉUNIR AUJOURD'HUI !
EUH... C'EST LÀ QUE TU M'EMMÈNES ?
...
PROMETS-MOI JUSTE QU'ON RISQUE PAS DE CROISER NYARLATHOTEP OU SHUBBNIGGU-RATH. CES DEUX-LÀ ME FONT *VRAIMENT* FLIPPER.

Salut Tiff, bien ou bien ?? On se voit okim ce week ? Ce serait cool. Je t'embrasse tendrement.
16:52
"TENDREMENT" ?! BORDEL, TRENTE-CINQ MINUTES POUR ACCOUCHER DE CETTE BOUSE ?!
HÉ, MAT...
PAS MAINTENANT PAPA, JE SUIS EN RETARD !
VRROOOOM
A. MOULIN

YO, RICHETON, MA GUEULE...
FAUT QU'ON PARLE.
CLAMP!
J'AI PAS LE TEMPS !
RICHARD ! ON VIENT D'IMPRIMER LES INVIT' POUR MON ANNIV' !
TU VIENDRAS ?
IL FAUT LES DÉCOUPER. ATTENDS, TIENS, UNE POUR TOI ET UNE POUR...
ÇA T'A FAIT MARRER L'AUTRE JOUR EN COURS, HEIN ?
TU T'ES BIEN FOUTU DE MA GUEULE !
TAIS-TOI, JENN. SÉRIEUX, TU ME FILES LA MIGRAINE...
BRUNO, ÇA VA PAS LA TÊTE ?! JE DÉTESTE QUAND T'ES COMME ÇA !

RAAAARGH !
ARRÊTE, BRUNO !
IL T'A RIEN FAIT !
OUTCH !
LAISSE-LE !
TA GUEULE,
CONNASSE !
!
BLURP !

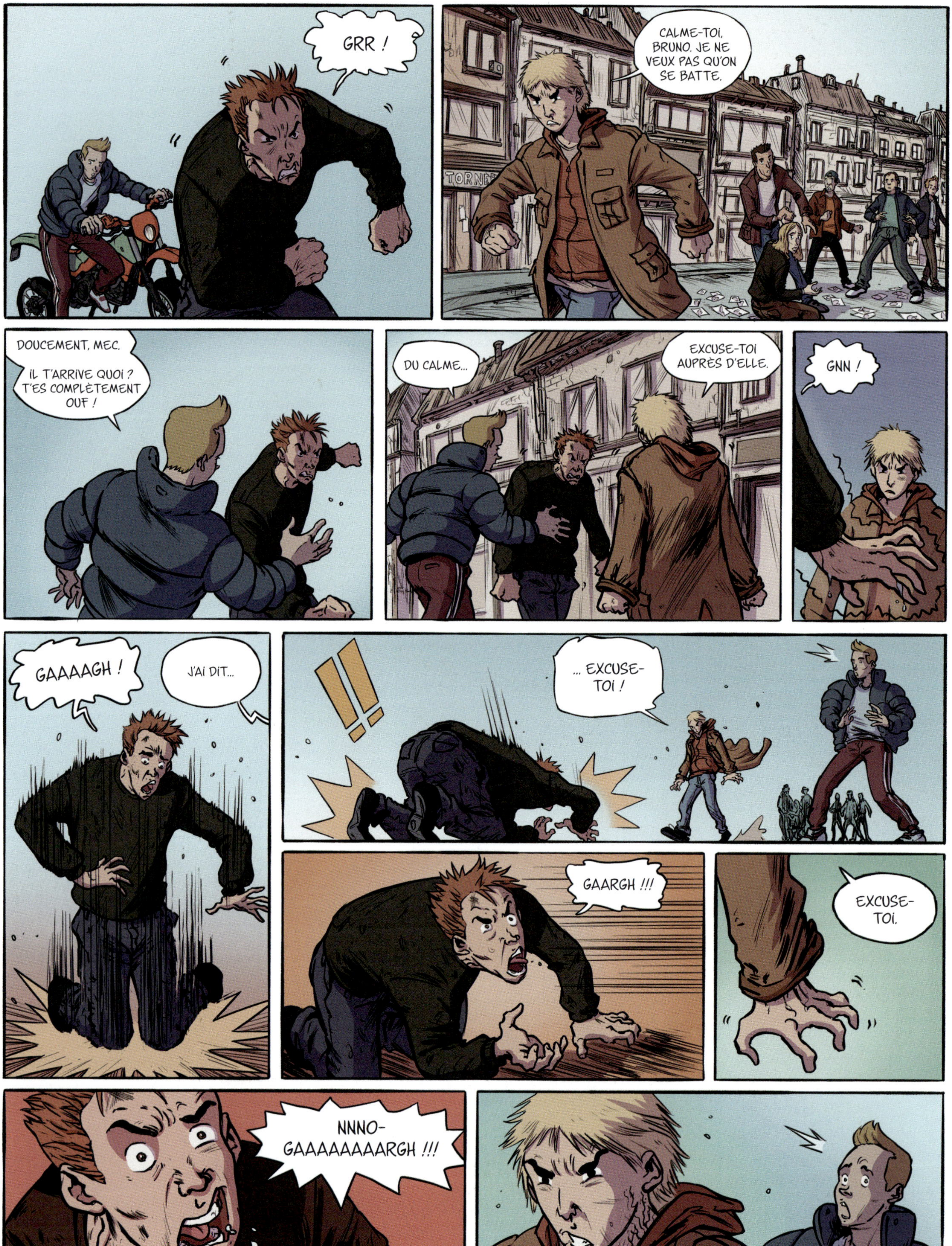
GRR !
CALME-TOI, BRUNO. JE NE VEUX PAS QU'ON SE BATTE.
TORN
DOUCEMENT, MEC.
IL T'ARRIVE QUOI ? T'ES COMPLÈTEMENT OUF !
DU CALME...
EXCUSE-TOI AUPRÈS D'ELLE.
GNN !
GAAAAGH !
J'AI DIT...
... EXCUSE-TOI !
GAARGH !!!
EXCUSE-TOI.
NNNO-GAAAAAAAARGH !!!

P...
PARDON !
BIEN...
QU'EST-CE QU... ? ARRÊTE !
ARRÊTE !
...
VOUS ÊTES CENSÉS ÊTRE MES AMIS. POURQUOI VOUS VOULEZ PAS ME CROIRE ?!
PVB 391 961

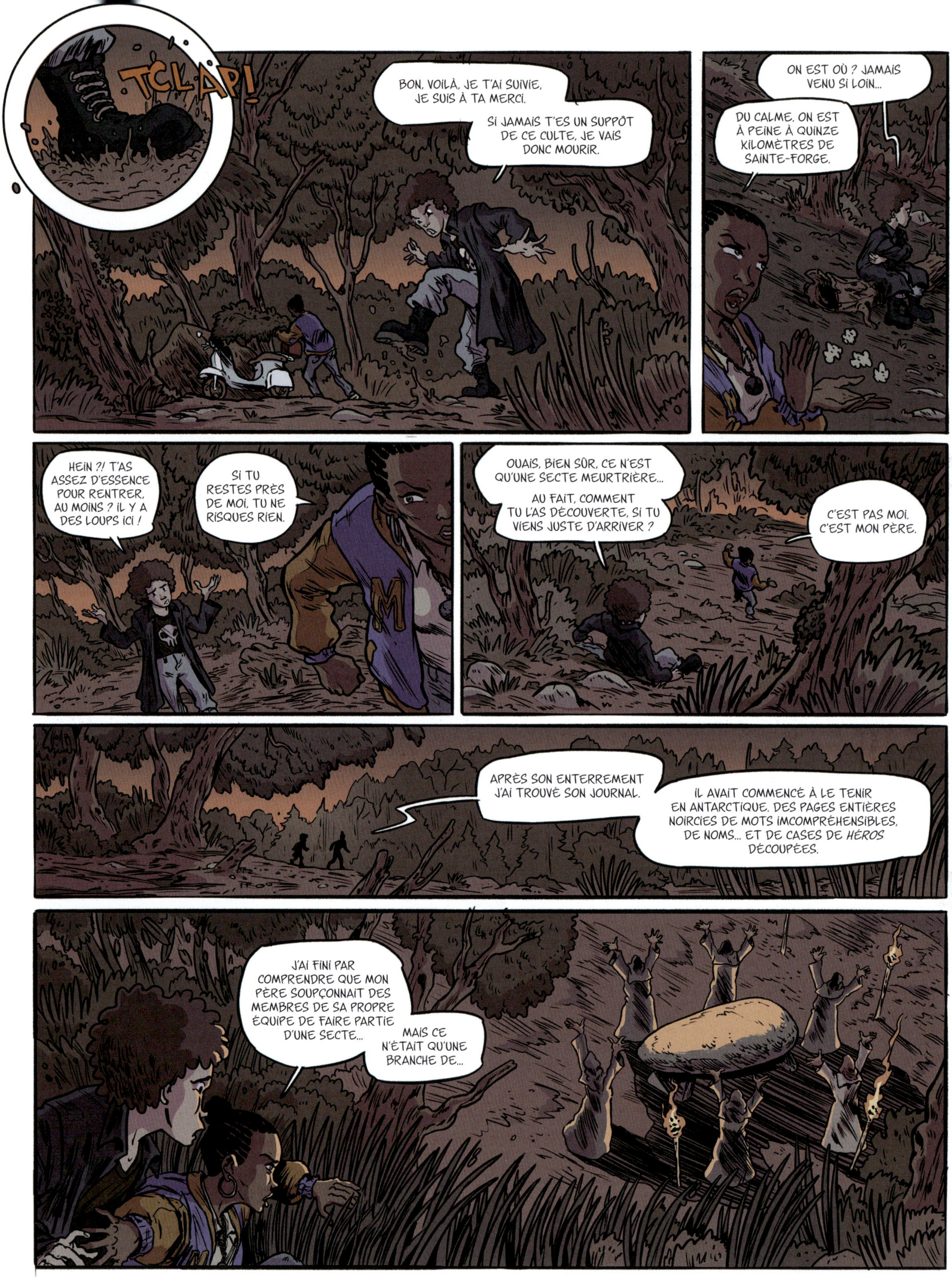
TCLAP!
BON, VOILÀ, JE T'AI SUIVIE, JE SUIS À TA MERCI.
SI JAMAIS T'ES UN SUPPÔT DE CE CULTE, JE VAIS DONC MOURIR.
ON EST OÙ ? JAMAIS VENU SI LOIN...
DU CALME. ON EST À PEINE À QUINZE KILOMÈTRES DE SAINTE-FORGE.
HEIN ?! T'AS ASSEZ D'ESSENCE POUR RENTRER, AU MOINS ? IL Y A DES LOUPS ICI !
SI TU RESTES PRÈS DE MOI, TU NE RISQUES RIEN.
OUAIS, BIEN SÛR, CE N'EST QU'UNE SECTE MEURTRIÈRE...
AU FAIT, COMMENT TU L'AS DÉCOUVERTE, SI TU VIENS JUSTE D'ARRIVER ?
C'EST PAS MOI. C'EST MON PÈRE.
APRÈS SON ENTERREMENT J'AI TROUVÉ SON JOURNAL.
IL AVAIT COMMENCÉ À LE TENIR EN ANTARCTIQUE. DES PAGES ENTIÈRES NOIRCIES DE MOTS INCOMPRÉHENSIBLES, DE NOMS... ET DE CASES DE HÉROS DÉCOUPÉES.
J'AI FINI PAR COMPRENDRE QUE MON PÈRE SOUPÇONNAIT DES MEMBRES DE SA PROPRE ÉQUIPE DE FAIRE PARTIE D'UNE SECTE...
MAIS CE N'ÉTAIT QU'UNE BRANCHE DE...

TU... TU MENTAIS PAS...
T'ES PAS AVEC EUX, HEIN ?
BIEN SÛR
QUE NON.
CALME-TOI.
OH NON,
OH NON...
!!
LE SIGNE
DES GRANDS
ANCIENS...

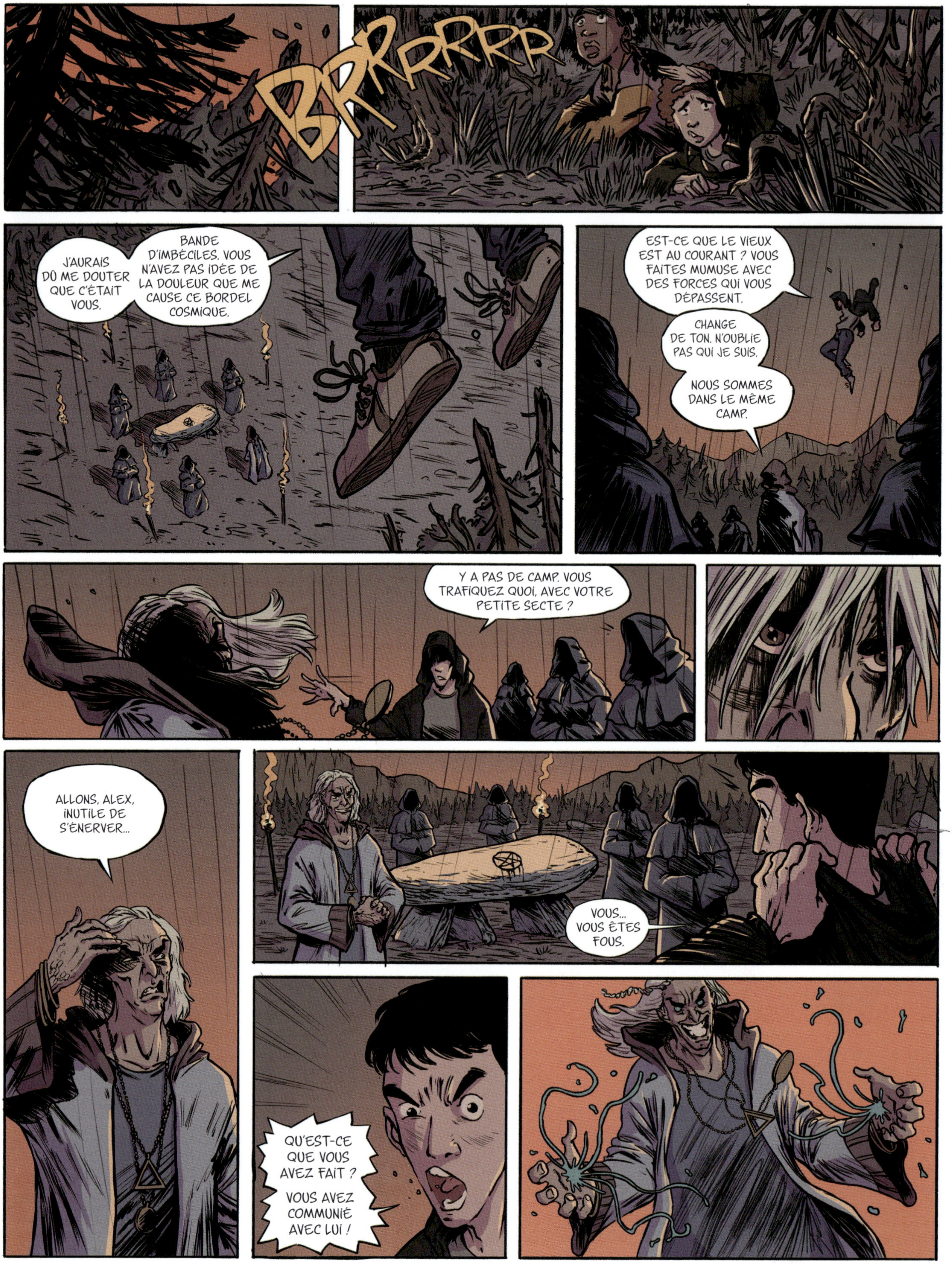

BRRRRRR
J'AURAIS DÛ ME DOUTER QUE C'ÉTAIT VOUS.
BANDE D'IMBÉCILES. VOUS N'AVEZ PAS IDÉE DE LA DOULEUR QUE ME CAUSE CE BORDEL COSMIQUE.
EST-CE QUE LE VIEUX EST AU COURANT ? VOUS FAITES MUMUSE AVEC DES FORCES QUI VOUS DÉPASSENT.
CHANGE DE TON. N'OUBLIE PAS QUI JE SUIS.
NOUS SOMMES DANS LE MÊME CAMP.
Y A PAS DE CAMP. VOUS TRAFIQUEZ QUOI, AVEC VOTRE PETITE SECTE ?
ALLONS, ALEX, INUTILE DE S'ÉNERVER...
VOUS... VOUS ÊTES FOUS.
QU'EST-CE QUE VOUS AVEZ FAIT ?
VOUS AVEZ COMMUNIÉ AVEC LUI !

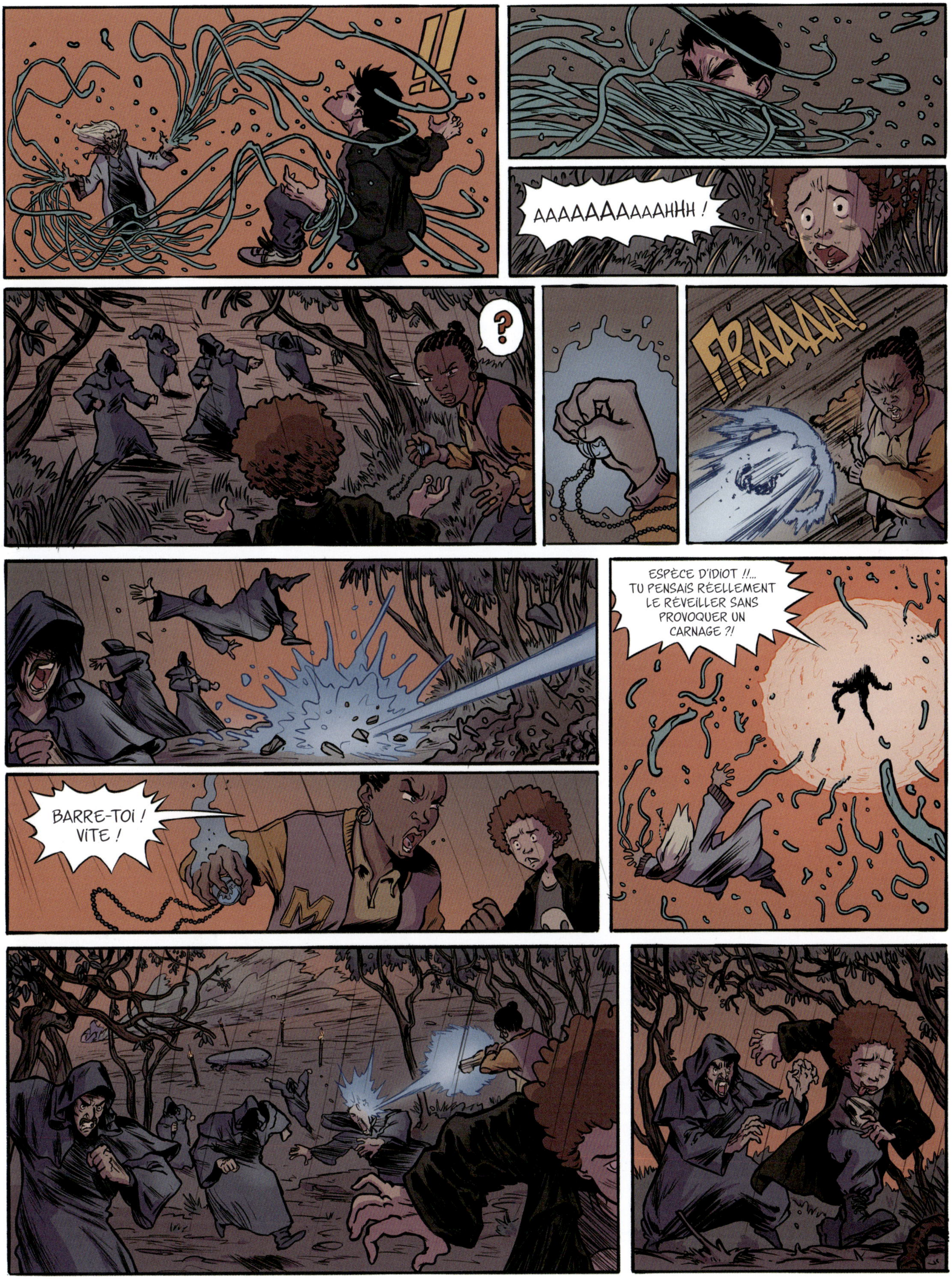
!!
AAAAAAAAAAHHH !
?
FRAAAA!
ESPÈCE D'IDIOT !!... TU PENSAIS RÉELLEMENT LE RÉVEILLER SANS PROVOQUER UN CARNAGE ?!
BARRE-TOI ! VITE !
M

FRAAAA
DEBOUT !
DOCTEUR MOREAU ?!
TU LE CONNAIS ?
SI JE LE CONNAIS ?! IL SUIT TOUTE MA FAMILLE !
NON !
LE COLLIER !
NON !

NE LE TOUCHE SURTOUT PAS... !
PLAS!
OUCH!
ARRGHHH
À L'AIDE ! AAAAGH !
TU VEUX RESTER PRENDRE LE THÉ ? BOUGE !!

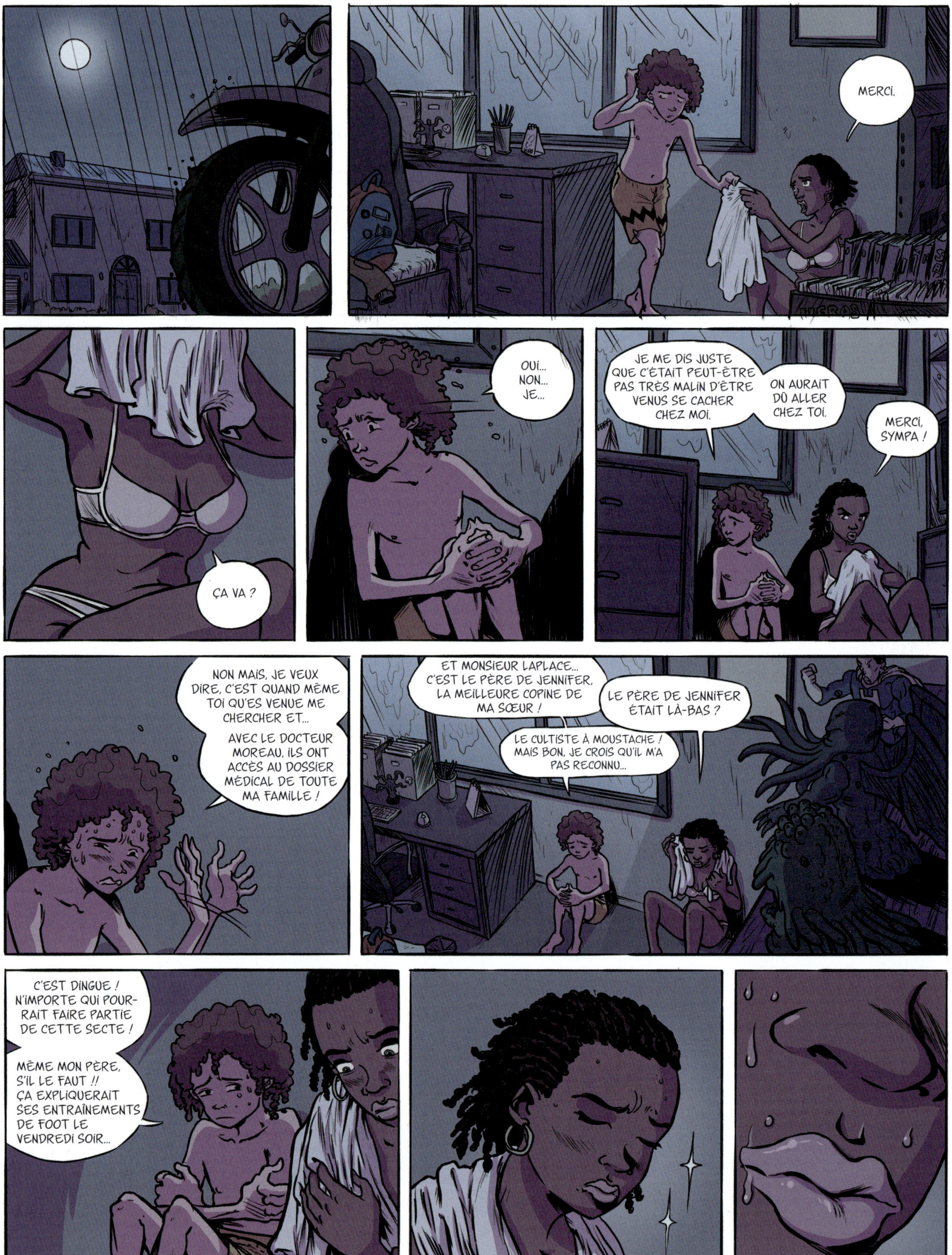
MERCI.
ÇA VA ?
OUI... NON... JE...
JE ME DIS JUSTE QUE C'ÉTAIT PEUT-ÊTRE PAS TRÈS MALIN D'ÊTRE VENUS SE CACHER CHEZ MOI.
ON AURAIT DÛ ALLER CHEZ TOI.
MERCI, SYMPA !
NON MAIS, JE VEUX DIRE, C'EST QUAND MÊME TOI QU'ES VENUE ME CHERCHER ET...
AVEC LE DOCTEUR MOREAU, ILS ONT ACCÈS AU DOSSIER MÉDICAL DE TOUTE MA FAMILLE !
ET MONSIEUR LAPLACE... C'EST LE PÈRE DE JENNIFER, LA MEILLEURE COPINE DE MA SŒUR !
LE PÈRE DE JENNIFER ÉTAIT LÀ-BAS ?
LE CULTISTE À MOUSTACHE ! MAIS BON, JE CROIS QU'IL M'A PAS RECONNU...
C'EST DINGUE ! N'IMPORTE QUI POURRAIT FAIRE PARTIE DE CETTE SECTE !
MÊME MON PÈRE, S'IL LE FAUT !! ÇA EXPLIQUERAIT SES ENTRAÎNEMENTS DE FOOT LE VENDREDI SOIR...

ET... ET POURQUOI TU NE M'AS PAS DIT QUE T'AVAIS DES POUVOIRS ?
QUOI ? NON, C'ÉTAIT LE... LIQUIDE VIVANT DANS MON COLLIER.
MON PÈRE L'AVAIT RAPPORTÉ DE SON EXPÉDITION EN ANTARCTIQUE. JE L'AI TROUVÉ DANS SES AFFAIRES AVEC...
AVEC... ÇA.
QUOI ?! C'EST LE CHEF DE LEUR BANDE !
OUI... LE RESPONSABLE DE LA MORT DE MON PÈRE.
"LE GRAND ORDONNATEUR".
OUI... IL RESSEMBLE TRAIT POUR TRAIT AU PERSONNAGE DE *HÉROS*.
CE N'EST PAS UNE BD QUELCONQUE, JOSÉ.
JE PENSE QUE... *HÉROS* PRÉDIT L'AVENIR.
SI C'EST LE CAS, ALORS ON SAIT CE QUE CETTE SECTE VEUT.
OUVRIR UN PORTAIL ENTRE DEUX MONDES...
... POUR RÉVEILLER...

... KRAALNAZGA-RATH.
HEROS
QUI PEUT ARRÊTER L'APOCALYPSE?
UN GRAND ANCIEN PARTICULIÈREMENT FÉROCE. ET QUI FAIT LA TAILLE DE DEUX TOURS EIFFEL.
VISIBLEMENT, LE PROCESSUS EST AVANCÉ : ILS SONT DÉJÀ INVESTIS DE SON ÉNERGIE.
LIISS
J'ESSAYAIS D'APPROCHER CE MONDE, ET MAINTENANT J'AURAIS PRÉFÉRÉ NE JAMAIS TOMBER SUR LES NOTES DE MON PÈRE.
LAVABRE
HEROS
TU SAIS, À NOTRE PLACE, N'IMPORTE QUI AURAIT DÉJÀ SOMBRÉ DANS LA FOLIE.
TOI, MANIFESTEMENT, TU ES UNE PUISSANTE MÉDIUM, ET MOI JE SUIS... BREF...
ON EST DES ÉLUS, QUOI !
C'EST COMME ÇA. C'EST NOTRE DESTIN.
NOUS SOMMES LEGACY !
CLAK
LIISS
VOUS FAITES QUOI, SÉRIEUX ?

LES MECS !
LES MECS !
AVANT DE M'ENGUEULER PARCE QUE JE SUIS PAS VENU AU QG, ÉCOUTEZ-MOI, VOUS ALLEZ PAS EN CROIRE VOS OREILLES !
EN FAIT, JE... JE SAIS MÊME PAS PAR OÙ COMMENCER... C'EST UN TRUC DE FOU...
VAS-Y.
SFRXX
Q-QUOI ? OH, DITES-MOI QUE JE SUIS PAS EN TRAIN DE DEVENIR DINGUE ! J'AI UN TRAUMA ? J'HALLUCINE, C'EST ÇA ?...
?
GNONNC !

GNONC
!!!
FSHAAA
OOOAAAH !
?
C'EST TELLEMENT...
J'AI PAS LES MOTS.
PAM
TU L'AS RÉPÉTÉ À PEU PRÈS DEUX CENTS FOIS, JOSÉ.
NAN MAIS DEPUIS LE DÉBUT, J'AVAIS RAISON !
MES RECHERCHES, LES VIDÉOS DE TSUNAMIS, LES PHÉNOMÈNES SURNATURELS, LE LIEN AVEC HÉROS... !
TOUS CES ABRUTIS QUI ME TRAITAIENT DE TARÉ... ILS SERONT LES PREMIERS À SE REPENTIR QUAND ON CONTRÔLERA LE M...
DOUCEMENT, JOSÉ. TU VAS HYPERVENTILER.

MAIS VOUS PIGEZ PAS ?
SI LES FORCES DU MAL EXISTENT BEL ET BIEN, ALORS POURQUOI PAS LES FORCES DU BIEN ?!
ON Y EST, C'EST NOUS ! LA BD EST LÀ POUR NOUS GUIDER, NOUS LES ÉLUS !
C'EST NOUS, LES FORCES DU BIEN ?
COMMENT TU PEUX EN ÊTRE SÛR ? SI ÇA SE TROUVE, JE VAIS ME RETROUVER COMME LE GARS DE LA FORÊT, AVEC DES TENTACULES QUI ME SORTENT DU CUL ?
ET L'ADO MYSTÉRIEUX ? IL EST DE NOTRE CÔTÉ ? OU C'EST UN PSYCHOPATHE QUI A ESSAYÉ DE ME TUER ?!
LE GRAND ORDONNATEUR L'A APPELÉ "ALEX". IL DISAIT QU'ILS ÉTAIENT DANS LE MÊME CAMP.
ALORS, POURQUOI ILS SE BATTAIENT ?
ÇA N'A NI QUEUE NI TÊTE.
NOTRE CLEF, C'EST LE MEC QUI T'A FILÉ LA FIOLE.
ET POUR ARRIVER À LUI, FAUT QU'ON PRENNE CONTACT AVEC COSTA...
... OU VALOGNES S'IL EST TOUJOURS EN VIE.
MAIS OUI ! JE VAIS LES CHERCHER DANS LES PAGES JAUNES !
JE TE RAPPELLE QU'ILS SONT JAMAIS APPARUS EN PUBLIC. PERSONNE NE SAIT À QUOI ILS RESSEMBLENT, MÊME PAS LEURS ÉDITEURS.

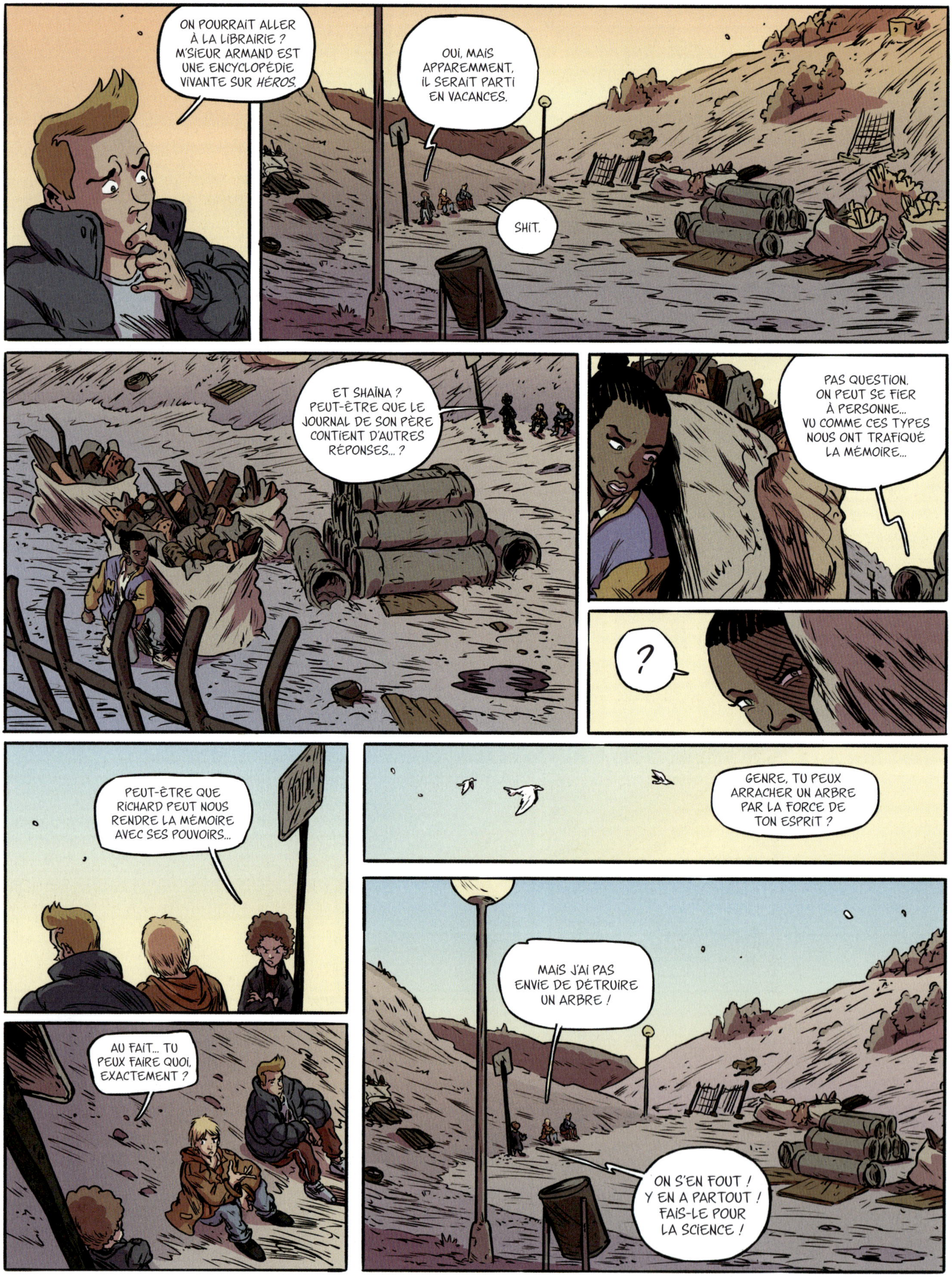
ON POURRAIT ALLER À LA LIBRAIRIE ? M'SIEUR ARMAND EST UNE ENCYCLOPÉDIE VIVANTE SUR *HÉROS*.
OUI, MAIS APPAREMMENT, IL SERAIT PARTI EN VACANCES.
SHIT.
ET SHAÏNA ? PEUT-ÊTRE QUE LE JOURNAL DE SON PÈRE CONTIENT D'AUTRES RÉPONSES... ?
PAS QUESTION. ON PEUT SE FIER À PERSONNE... VU COMME CES TYPES NOUS ONT TRAFIQUÉ LA MÉMOIRE...
?
PEUT-ÊTRE QUE RICHARD PEUT NOUS RENDRE LA MÉMOIRE AVEC SES POUVOIRS...
AU FAIT... TU PEUX FAIRE QUOI, EXACTEMENT ?
GENRE, TU PEUX ARRACHER UN ARBRE PAR LA FORCE DE TON ESPRIT ?
MAIS J'AI PAS ENVIE DE DÉTRUIRE UN ARBRE !
ON S'EN FOUT ! Y EN A PARTOUT ! FAIS-LE POUR LA SCIENCE !

J'AI PAS ENVIE, JE TE DIS. ET SI JE ME PÈTE LA MAIN ?
T'AS QU'À ESSAYER ! AU PIRE, ON POURRA VOIR SI T'AS UN POUVOIR AUTO-GUÉRISSEUR... OU PAS.
OK, MISTER GREENPEACE, ET ÇA, C'EST BON ?
KOFF ! KOFF ! KOFF !
?!
SHAÏNA ?!
KOFF...!

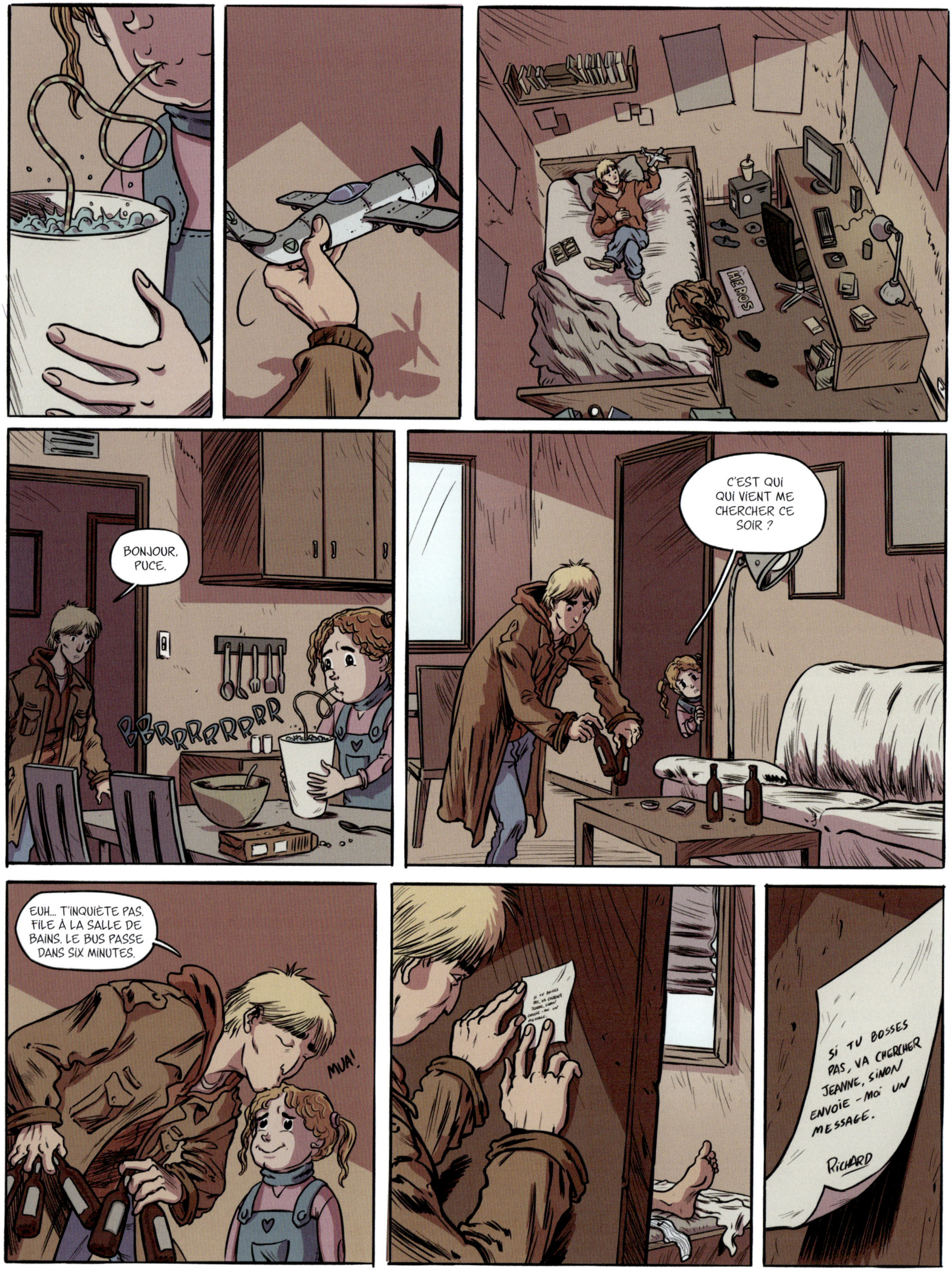
BONJOUR, PUCE.
BBRRRRRRRRR
C'EST QUI QUI VIENT ME CHERCHER CE SOIR ?
EUH... T'INQUIÈTE PAS. FILE À LA SALLE DE BAINS. LE BUS PASSE DANS SIX MINUTES.
MUA!
SI TU BOSSES PAS, VA CHERCHER JEANNE, SINON ENVOIE-MOI UN MESSAGE.
RICHARD

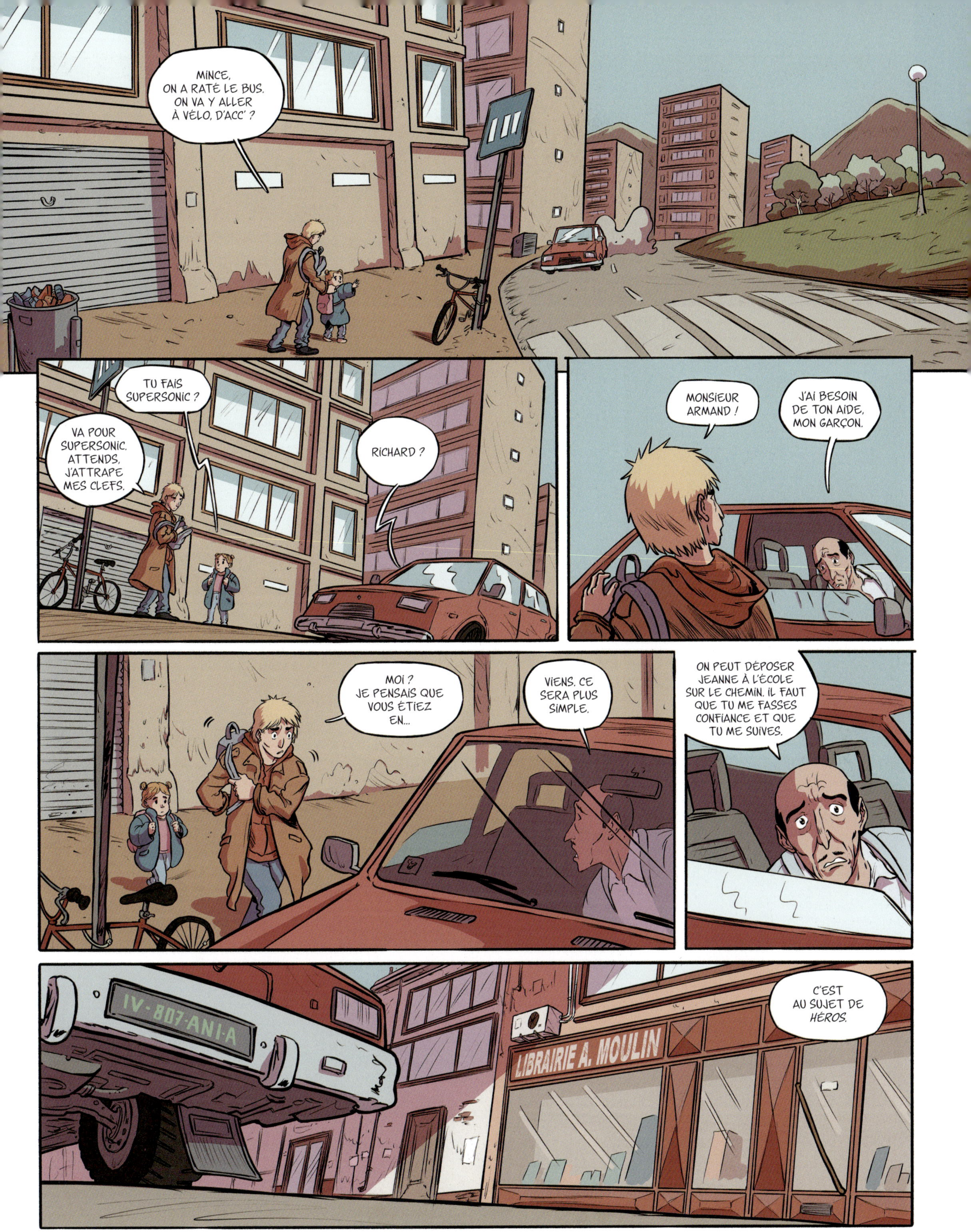
MINCE, ON A RATÉ LE BUS. ON VA Y ALLER À VÉLO, D'ACC' ?
TU FAIS SUPERSONIC ?
VA POUR SUPERSONIC. ATTENDS, J'ATTRAPE MES CLEFS.
RICHARD ?
MONSIEUR ARMAND !
J'AI BESOIN DE TON AIDE, MON GARÇON.
MOI ? JE PENSAIS QUE VOUS ÉTIEZ EN...
VIENS. CE SERA PLUS SIMPLE.
ON PEUT DÉPOSER JEANNE À L'ÉCOLE SUR LE CHEMIN. IL FAUT QUE TU ME FASSES CONFIANCE ET QUE TU ME SUIVES.
IV-807-ANI-A
LIBRAIRIE A. MOULIN
C'EST AU SUJET DE HÉROS.

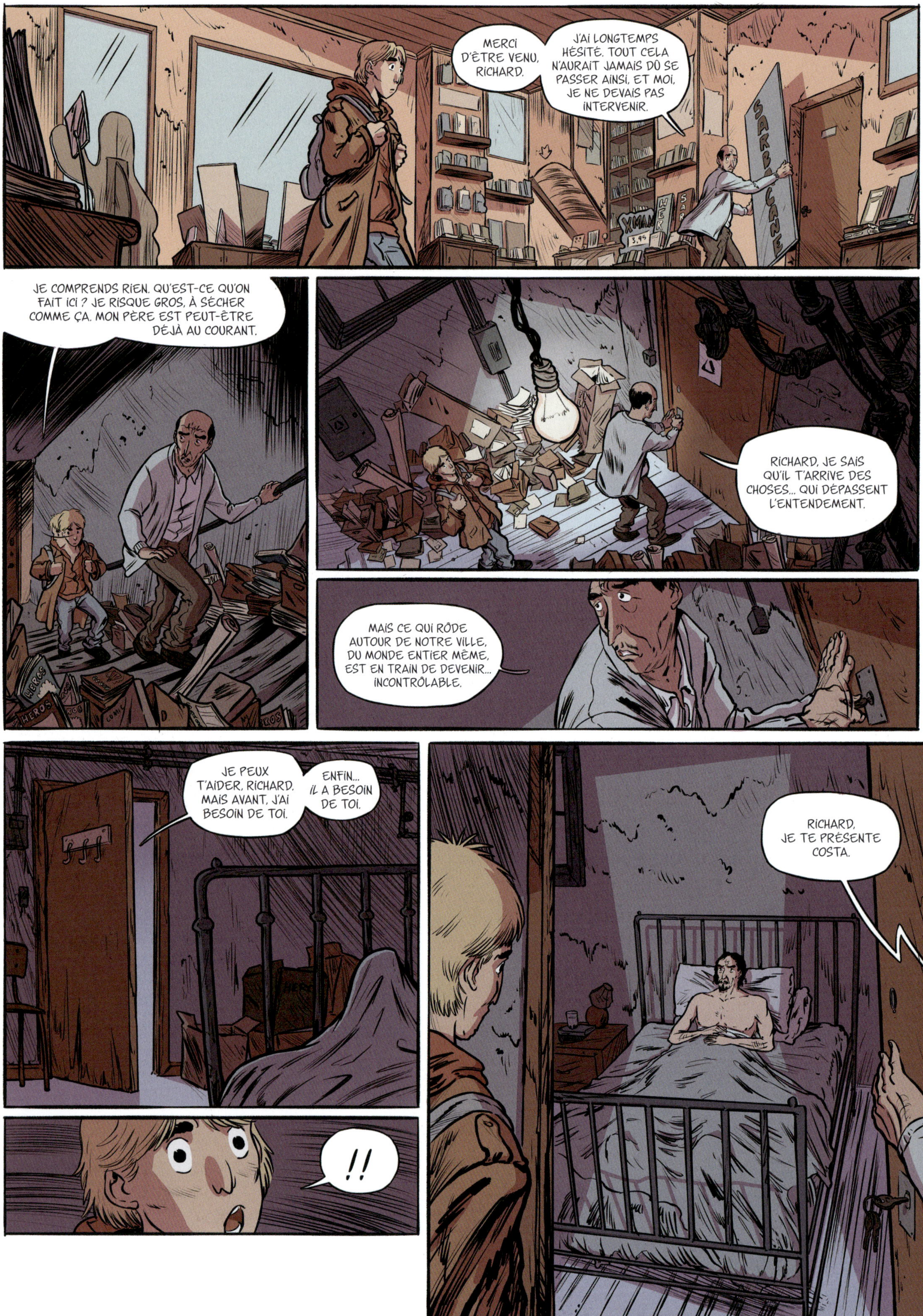
MERCI D'ÊTRE VENU, RICHARD.
J'AI LONGTEMPS HÉSITÉ. TOUT CELA N'AURAIT JAMAIS DÛ SE PASSER AINSI, ET MOI, JE NE DEVAIS PAS INTERVENIR.
SARBACANE
XMAN
JE COMPRENDS RIEN. QU'EST-CE QU'ON FAIT ICI ? JE RISQUE GROS, À SÉCHER COMME ÇA. MON PÈRE EST PEUT-ÊTRE DÉJÀ AU COURANT.
RICHARD, JE SAIS QU'IL T'ARRIVE DES CHOSES... QUI DÉPASSENT L'ENTENDEMENT.
MAIS CE QUI RÔDE AUTOUR DE NOTRE VILLE, DU MONDE ENTIER MÊME, EST EN TRAIN DE DEVENIR... INCONTRÔLABLE.
JE PEUX T'AIDER, RICHARD. MAIS AVANT, J'AI BESOIN DE TOI.
ENFIN... IL A BESOIN DE TOI.
!!
RICHARD, JE TE PRÉSENTE COSTA.

ILS EN ONT PARLÉ, SUR BFM : LES DÉPRESSIONS DANS L'ATLANTIQUE VONT PROVOQUER DES TEMPÊTES EXTRÊMES ! AJOUTE À ÇA LES DERNIERS SÉISMES, ET ON LES TIENT...
... NOS SIGNES DU PROCHAIN RÉVEIL DE KRAAL !
JOSÉ !
TU TE RENDS COMPTE ?
C'EST L'APOCALYPSE QUI S'ANNONCE, MEC ! ON VA TOUS MOU...
JOSÉ ! DERNIER AVERTISSEMENT.
ET RICHARD, POURQUOI IL NOUS PLANTE ENCORE ? IMAGINE QUE LES CULTISTES NOUS ATTAQUENT MAINT...
BON, ÇA SUFFIT. JOSÉ, TU PRENDS LA PORTE, ET TU ME LAISSES TON CARNET AU PASSAGE.

NOTE DE COMMUNICATION AUX FAMILLES POUR VIOLATION DES RÈGLES DE CLASSE
MA MÈRE VA ME TUER...
ET JE SUIS PAS COMME VOUS, MOI J'AI PAS L'HABITUDE DE MENTIR.
MEMPHIS
C'EST BON, ARRÊTE DE PLEURNICHER ! JE VAIS LA FAIRE, CETTE FOUTUE SIGNATURE.
T'ES SÛR DE TOI ? J'AI PEUR QUE TU SOIS AUSSI NUL EN TYPO QU'EN DESSIN.
TU DESSINES ?
BEN OUI, JE T'AVAIS PAS DIT ? ON FAIT NOTRE PROPRE SPIN-OFF DE *HÉROS : LEGACY*.
HÉRITIER.
RICHARD ÉLABORE DES HISTOIRES DE FOU ET MOI JE COORDONNE LE TOUT. LE GÉNIE DE L'OMBRE, QUOI...
PUISQUE T'EN PARLES... RICHARD VOUS A ÉCRIT ?
NON... J'HÉSITE PRESQUE À SÉCHER POUR ALLER VOIR SI TOUT VA BIEN.
"MARTINA, LA MAMAN À SON PETIT CHAT" ?!
HA HA HA HA HA HA HA HA HA HA HA HA HA HA HA
T'ES COMPLÈTEMENT CON, OU QUOI ?

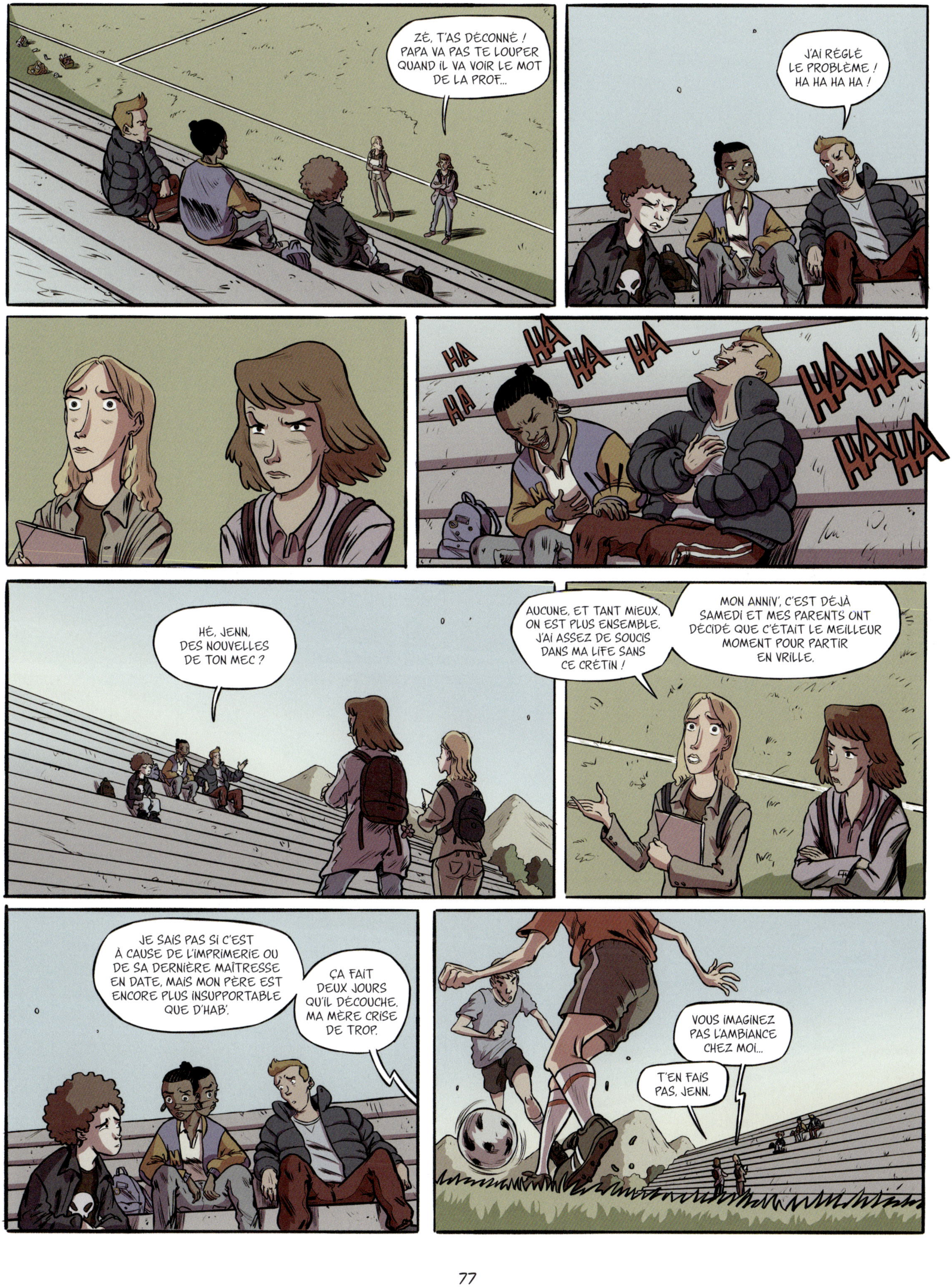
ZÉ, T'AS DÉCONNÉ ! PAPA VA PAS TE LOUPER QUAND IL VA VOIR LE MOT DE LA PROF...
J'AI RÉGLÉ LE PROBLÈME ! HA HA HA HA !
HA HA HA HA HA
HAHA HAHA
HÉ, JENN, DES NOUVELLES DE TON MEC ?
AUCUNE, ET TANT MIEUX. ON EST PLUS ENSEMBLE. J'AI ASSEZ DE SOUCIS DANS MA LIFE SANS CE CRÉTIN !
MON ANNIV', C'EST DÉJÀ SAMEDI ET MES PARENTS ONT DÉCIDÉ QUE C'ÉTAIT LE MEILLEUR MOMENT POUR PARTIR EN VRILLE.
JE SAIS PAS SI C'EST À CAUSE DE L'IMPRIMERIE OU DE SA DERNIÈRE MAÎTRESSE EN DATE, MAIS MON PÈRE EST ENCORE PLUS INSUPPORTABLE QUE D'HAB'.
ÇA FAIT DEUX JOURS QU'IL DÉCOUCHE. MA MÈRE CRISE DE TROP.
VOUS IMAGINEZ PAS L'AMBIANCE CHEZ MOI...
T'EN FAIS PAS, JENN.

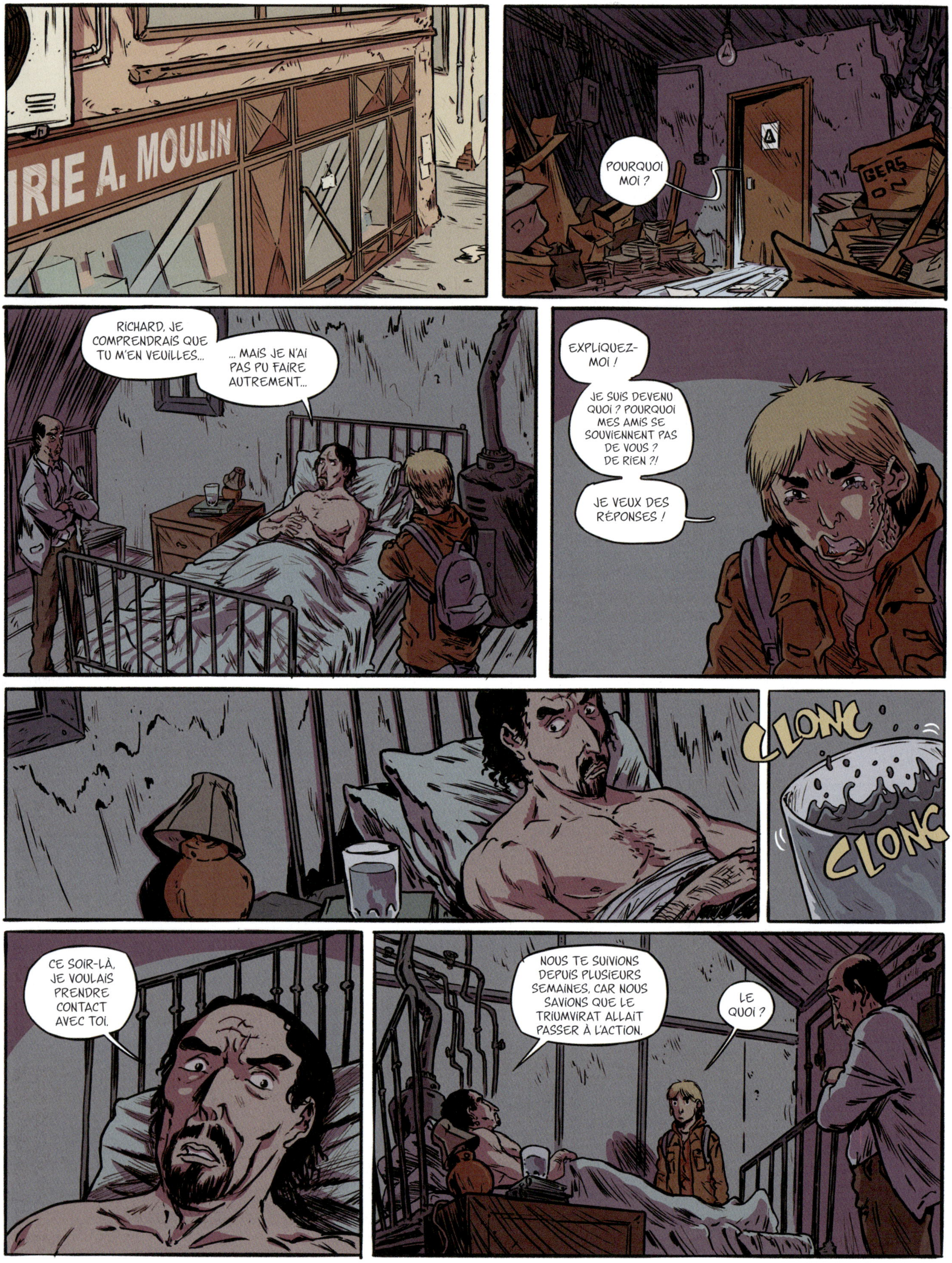
RIE A. MOULIN
POURQUOI MOI ?
RICHARD, JE COMPRENDRAIS QUE TU M'EN VEUILLES...
... MAIS JE N'AI PAS PU FAIRE AUTREMENT...
EXPLIQUEZ-MOI !
JE SUIS DEVENU QUOI ? POURQUOI MES AMIS SE SOUVIENNENT PAS DE VOUS ? DE RIEN ?!
JE VEUX DES RÉPONSES !
CLONC
CLONC
CE SOIR-LÀ, JE VOULAIS PRENDRE CONTACT AVEC TOI.
NOUS TE SUIVIONS DEPUIS PLUSIEURS SEMAINES, CAR NOUS SAVIONS QUE LE TRIUMVIRAT ALLAIT PASSER À L'ACTION.
LE QUOI ?

LE TRIUMVIRAT. LES MEMBRES DE TROIS FAMILLES AUX LIGNÉES TRÈS ANCIENNES.
ILS SONT CENSÉS SURVEILLER LES ACTIVITÉS OCCULTES ET CONTRÔLER LES APPARITIONS DES GRANDS ANCIENS.
DEPUIS DES ANNÉES, JE PARCOURS LA PLANÈTE À LA RECHERCHE DE POTENTIELS COMME TOI... DES FILLES ET DES GARÇONS CAPABLES D'ASSIMILER CE QU'ON APPELLE "LE SANG DES TEMPS".
MAIS LE TRIUMVIRAT ME TRAQUE. ILS ME VEULENT SOUS LEUR COUPE, CAR JE SUIS LE SEUL À AVOIR LE DON... COMME VALOGNES AVANT MOI.
C'EST GRÂCE À MES VISIONS QUE JE PEUX DESSINER *HÉROS*. OR, *HÉROS* LEUR EST INDISPENSABLE. LES RÉCITS LEUR PERMETTENT DE PLANIFIER LEURS DESSEINS, EN LISANT LES ÉVÉNEMENTS À VENIR, EN DÉCRYPTANT LE SENS DE L'HISTOIRE SECRÈTE.
CETTE NUIT-LÀ, ILS ONT FAILLI M'ATTRAPER, MAIS...
ILS N'ONT RÉUSSI QU'À ME BLESSER.
PAM
PAM
...
JE N'AI PAS EU D'AUTRE CHOIX QUE DE TE CONFIER L'ARTEFACT EN URGENCE... EN PRIANT POUR QUE L'ASSIMILATION SE PASSE BIEN.

ET CE JEUNE QUI A DES POUVOIRS... ALEX ? IL EST AVEC EUX, AUSSI ?
ILS LE MANIPULENT, COMME D'AUTRES AVANT LUI... COMME TOI, IL A REÇU LE SANG DES TEMPS.
SI TES AMIS NE SE SOUVIENNENT DE RIEN, C'EST À CAUSE DE LUI.
ATTENDS... COMMENT CONNAIS-TU SON NOM ?
MES POTES L'ONT VU AVEC UNE SECTE DANS LA FÔRET...
ON PENSE QU'ILS ESSAYAIENT DE...
?!
QUOI ?!
CE QUE TU DIS...
... EST TRÈS PRÉOCCUPANT.
LE SOMMEIL DE KRAALNAZGARATH A DÉJÀ ÉTÉ PERTURBÉ PAR DES RITUELS.
L'ALIGNEMENT APPROCHE. SON RÉVEIL EST IMMINENT.
OK, OK ! ET MOI DANS TOUT ÇA ? JE SUIS CENSÉ FAIRE QUOI ?
ME SAUVER LA VIE.
POUR COMMENCER.

NNNNGH !
J'AI TENTÉ DE LE SOIGNER DU MIEUX QUE J'AI PU, MAIS SES BLESSURES SONT SÉRIEUSES.
JE NE... P-PEUX PAS ALLER À L'HÔPITAL, RICHARD.
J'AI BESOIN DE TOI. IL FAUT QUE JE DESSINE.
MAIS ÇA MARCHE PAS !
TU PEUX Y ARRIVER, RICHARD.
FAIS LE VIDE EN TOI...
TU SENS LE POUVOIR ? TU DOIS JUSTE...
... CROIRE EN TOI.

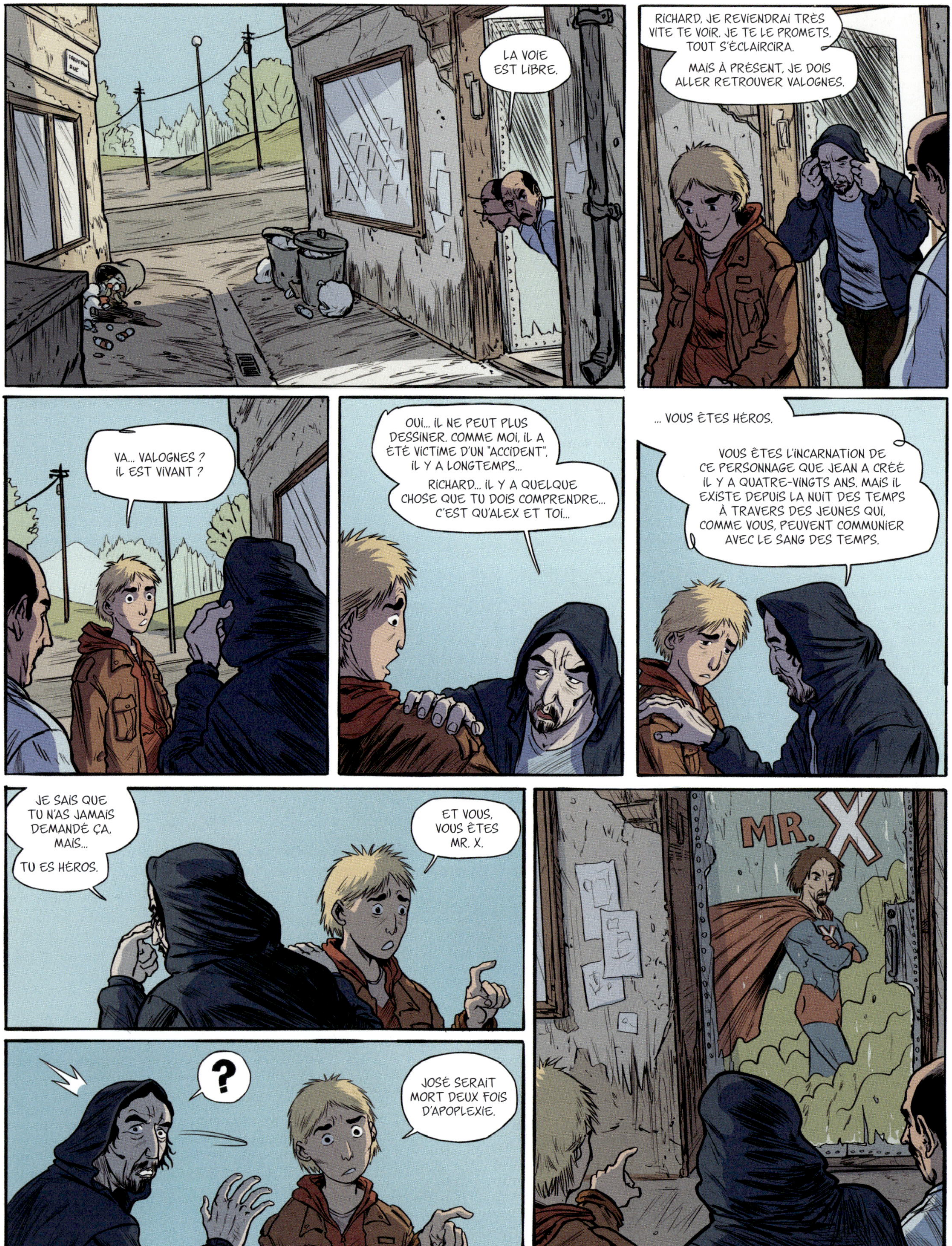

LA VOIE EST LIBRE.
RICHARD, JE REVIENDRAI TRÈS VITE TE VOIR. JE TE LE PROMETS. TOUT S'ÉCLAIRCIRA.
MAIS À PRÉSENT, JE DOIS ALLER RETROUVER VALOGNES.
VA... VALOGNES ? IL EST VIVANT ?
OUI... IL NE PEUT PLUS DESSINER. COMME MOI, IL A ÉTÉ VICTIME D'UN "ACCIDENT", IL Y A LONGTEMPS...
RICHARD... IL Y A QUELQUE CHOSE QUE TU DOIS COMPRENDRE... C'EST QU'ALEX ET TOI...
... VOUS ÊTES HÉROS.
VOUS ÊTES L'INCARNATION DE CE PERSONNAGE QUE JEAN A CRÉÉ IL Y A QUATRE-VINGTS ANS. MAIS IL EXISTE DEPUIS LA NUIT DES TEMPS À TRAVERS DES JEUNES QUI, COMME VOUS, PEUVENT COMMUNIER AVEC LE SANG DES TEMPS.
JE SAIS QUE TU N'AS JAMAIS DEMANDÉ ÇA, MAIS...
TU ES HÉROS.
ET VOUS, VOUS ÊTES MR. X.
?
JOSÉ SERAIT MORT DEUX FOIS D'APOPLEXIE.
MR. X

'LUT, P'PA.
JE... JE RÉPARE LE VÉLO ! KOFF, KOFF !
QU'EST-CE QU'IL Y A ? TA MÈRE M'APPELLE ?
NON, JE VOULAIS TE PARLER D'UN TRUC.

ENFIN... TE POSER UNE QUESTION, PLUTÔT...
JE TE DEMANDE À TOI PARCE QU'AVEC MAMAN, ÇA FERAIT BIZARRE, ET MATÉO, IL SE PAIERAIT MA TÊTE...
BREF... IMAGINONS QUE J'AIE UN "AMI" QUI PLAISE À UNE FILLE. OU PLUTÔT QU'UNE FILLE PLAISE À CET "AMI".
JE SAIS QUE T'ES VIEUX ET QU'À TON ÉPOQUE C'ÉTAIT PAS PAREIL, TOUT ÇA... MAIS... EUH...
QU'EST-CE QUE TU LUI CONSEILLERAIS ?
MAIS POURQUOI MATÉO SE MOQUERAIT DE TOI ?
C'EST TOI LE PREMIER À AVOIR UNE PETITE COPINE, NON ?
PFFF !!
JE SAIS QUE TU PASSES TES APRÈS-MIDIS AVEC LA FILLE DE SANA. ÉCOUTE, MON GRAND...
PENSE À BIEN TE PROTÉGER, D'ACCORD ?
BONSOIR !
VOUS EN FAITES, UNE TÊTE !

OH, TIENS, ON PARLAIT JUSTEMENT DE...
... DE L'EXPOSÉ QU'ON DOIT RENDRE !
!!
QU'EST-CE QUE TU FAIS ICI ?
TU RÉPONDAIS PAS ET FALLAIT QUE JE TE MONTRE QUELQUE CHOSE QUI VIENT DE TOMBER.
TU VAS HALLUCINER.
C'EST UNE PREVIEW TOUTE CHAUDE DE *HÉROS*.
DEUX CASES BALANCÉES SUR LE NET TOUT À L'HEURE.
C'EST CE QU'ON A VU DANS LA FORÊT... ?
NON. C'EST PIRE.
C'EST LE RÉVEIL...

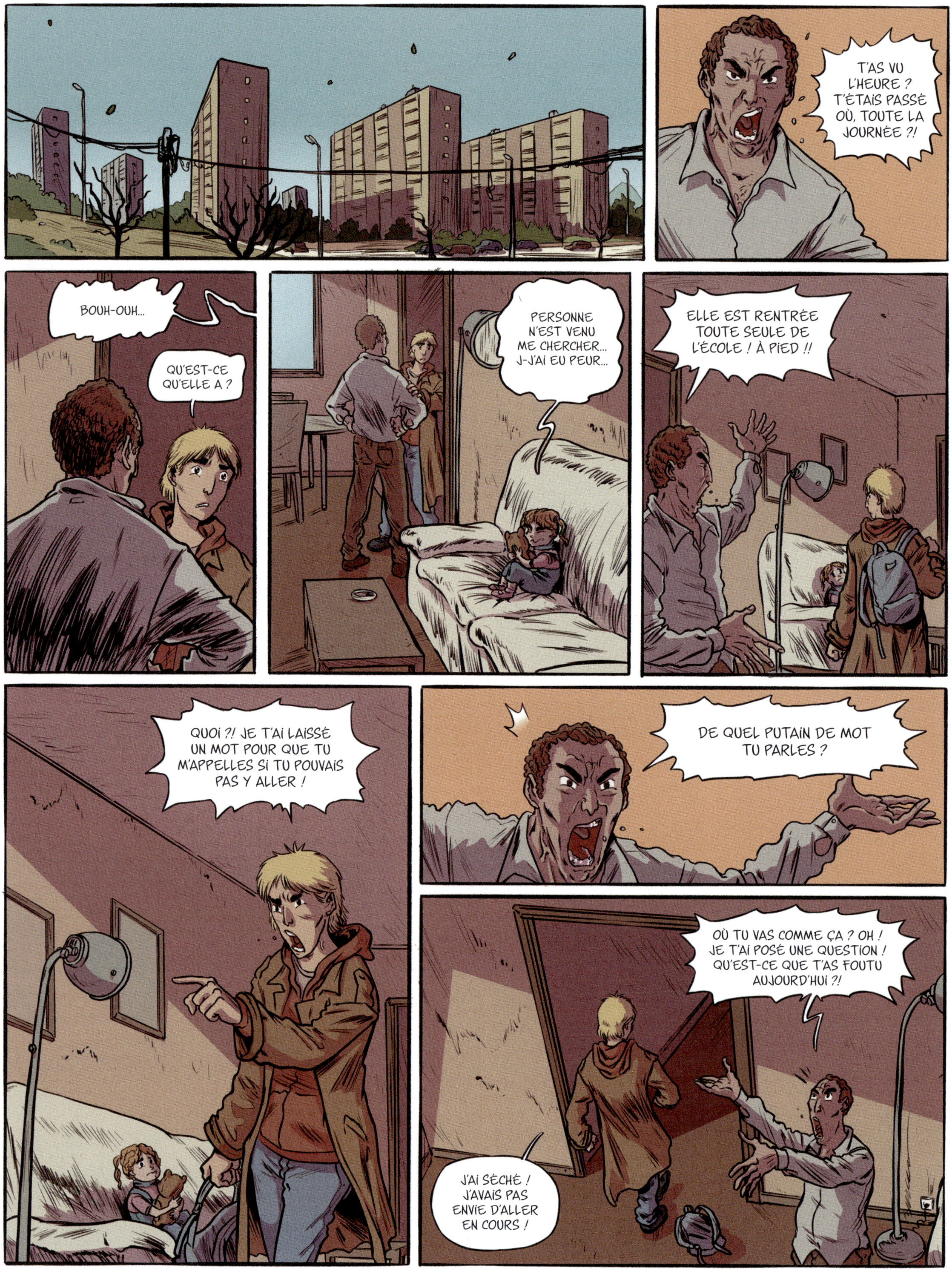
T'AS VU L'HEURE ? T'ÉTAIS PASSÉ OÙ, TOUTE LA JOURNÉE ?!
BOUH-OUH...
QU'EST-CE QU'ELLE A ?
PERSONNE N'EST VENU ME CHERCHER... J-J'AI EU PEUR...
ELLE EST RENTRÉE TOUTE SEULE DE L'ÉCOLE ! À PIED !!
QUOI ?! JE T'AI LAISSÉ UN MOT POUR QUE TU M'APPELLES SI TU POUVAIS PAS Y ALLER !
DE QUEL PUTAIN DE MOT TU PARLES ?
OÙ TU VAS COMME ÇA ? OH ! JE T'AI POSÉ UNE QUESTION ! QU'EST-CE QUE T'AS FOUTU AUJOURD'HUI ?!
J'AI SÉCHÉ ! J'AVAIS PAS ENVIE D'ALLER EN COURS !

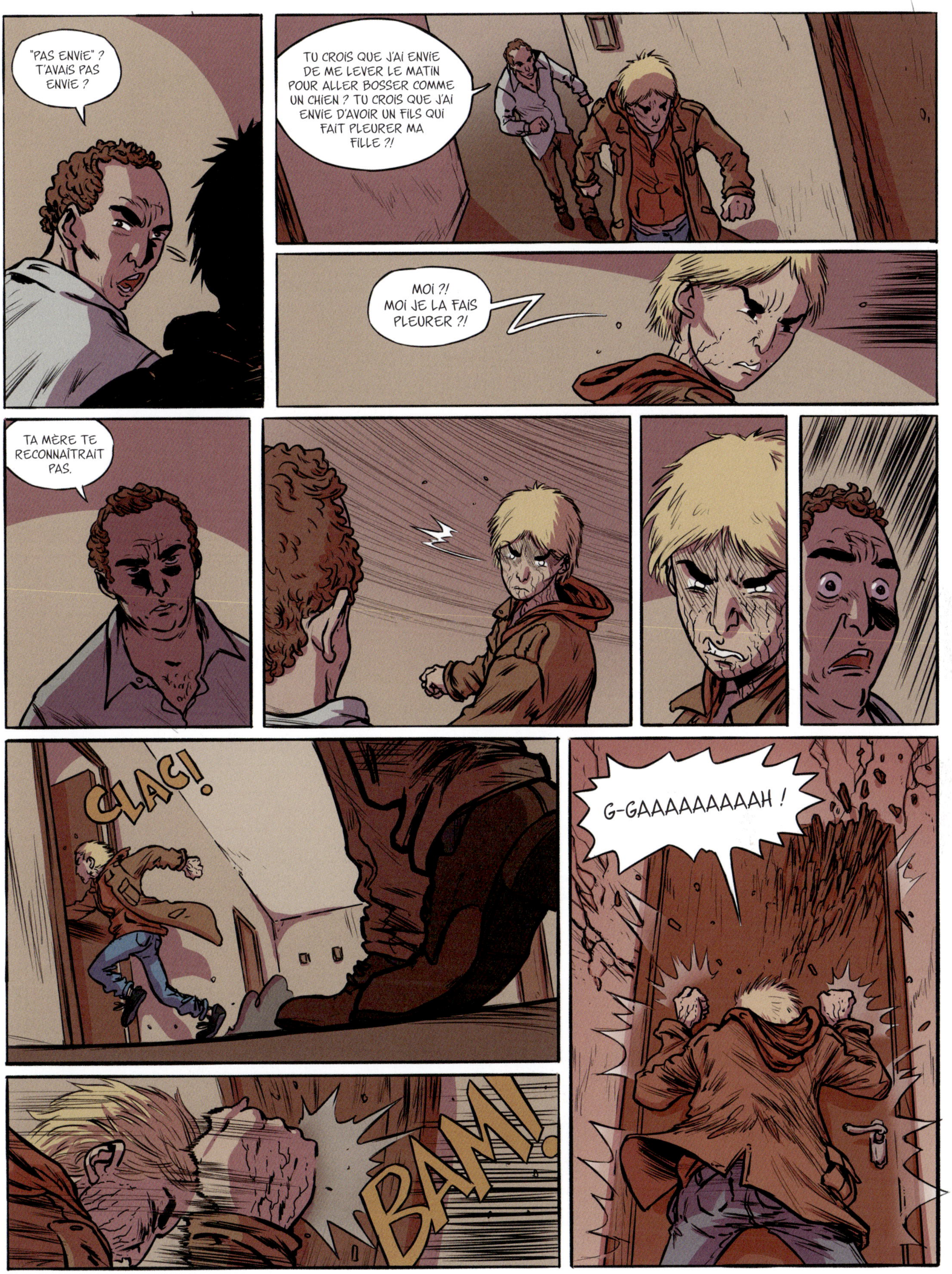
"PAS ENVIE" ? T'AVAIS PAS ENVIE ?
TU CROIS QUE J'AI ENVIE DE ME LEVER LE MATIN POUR ALLER BOSSER COMME UN CHIEN ? TU CROIS QUE J'AI ENVIE D'AVOIR UN FILS QUI FAIT PLEURER MA FILLE ?!
MOI ?! MOI JE LA FAIS PLEURER ?!
TA MÈRE TE RECONNAÎTRAIT PAS.
CLAC!
G-GAAAAAAAAAH !
BAM!

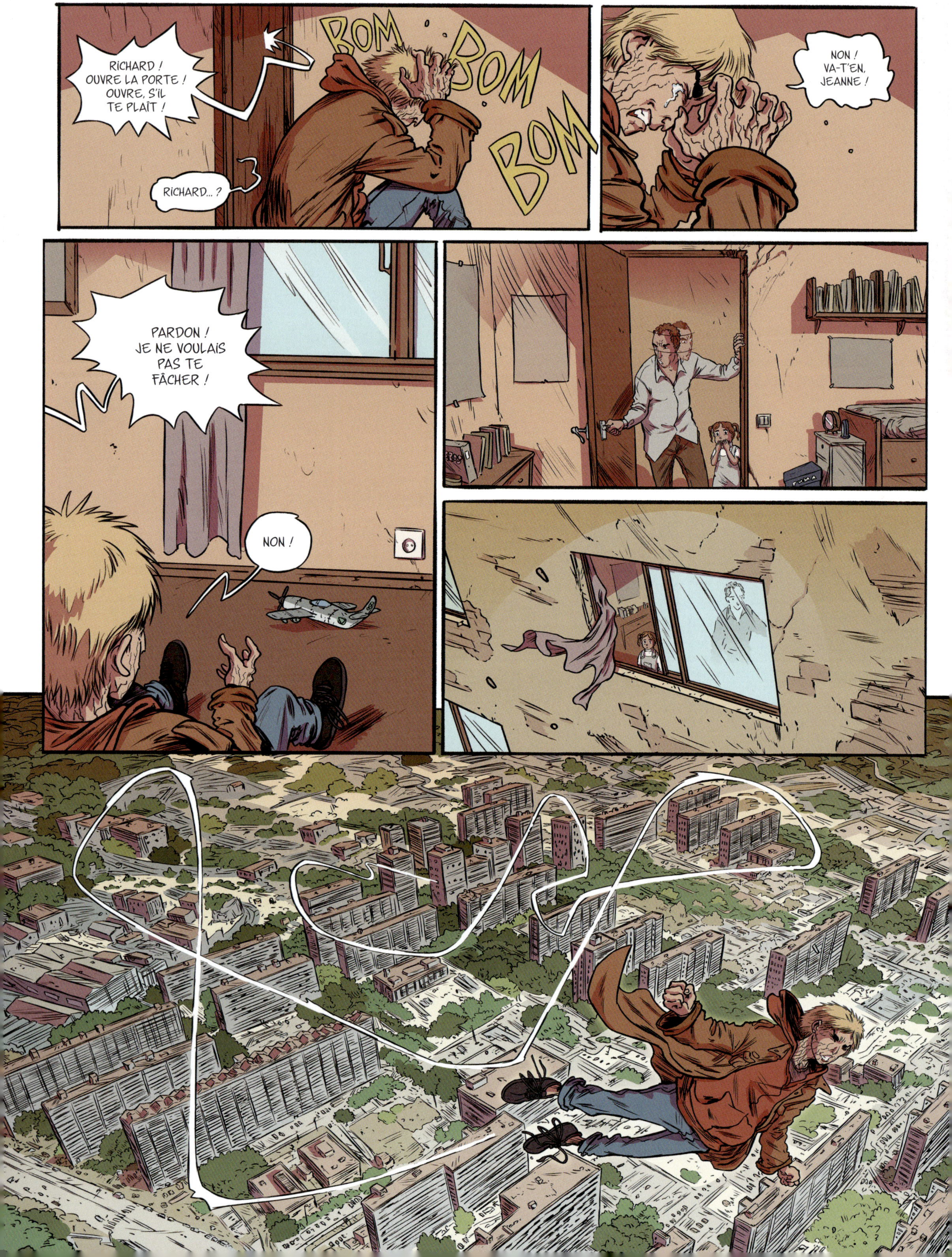
RICHARD ! OUVRE LA PORTE ! OUVRE, S'IL TE PLAÎT !
BOM BOM BOM
RICHARD... ?
NON ! VA-T'EN, JEANNE !
PARDON ! JE NE VOULAIS PAS TE FÂCHER !
NON !

C'EST QUI, LUI ?
C'EST HÉROS.
IL EST FORT ?
TRÈS FORT.
MOI AUSSI, JE SERAI COMME LUI, UN JOUR.
TU L'ES DÉJÀ !
?!
JE T'EN SUPPLIE...
AIDE-LE...
C'EST MON PETIT FRÈRE.

PLAS!
GAAAAH!
CRASH
BBGLH!!
NRLYRRTYRIiii KRAALNAZGA-RATHROTRR-THRAAAAL...
... ALEX ? NON ! LAISSE-LE, ESPÈCE DE MONSTRE !
BRATATATATA
BRATATATATA
BRATATATATA

ON VA RETROUVER RICHARD. IL VA TE TIRER D'AFFAIRE… TIENS BON.
NGH… !
JULIAN, QUE…
QUELQU'UN EST DANS MA TÊTE !
C-C'ÉTAIT KRAAL-NAZGARATH, ÇA ?
RICHARD ?!
DÉGAGE !
!!
DU CALME ! DU CALME !
IL ESSAYAIT SEULEMENT DE TE GUÉRIR.
IL L'A PAS FAIT EXPRÈS.
PUTAIN, QU'EST-CE QUI VIENT DE SE PASSER ?
…
TU ÉTAIS EN TRAIN DE TE BALADER DANS LES SOUVENIRS D'ALEX. PAS MAL, POUR UNE PREMIÈRE FOIS…

ALORS, C'EST POUR ÇA QUE MES POTES ONT PERDU LA MÉMOIRE ?
JE LEUR AI FAIT UN BARRAGE MENTAL. TU APPRENDRAS.
...
ET... POURQUOI J'AI AUSSI MAL ? T'AS DES MIGRAINES, TOI AUSSI ?
C'EST DIFFÉRENT POUR MOI, JE VIS AVEC ÇA DEPUIS TOUJOURS.
ON M'A INOCULÉ LE SANG DES TEMPS QUAND JE N'AVAIS QUE SEPT ANS.
MON GRAND-PÈRE EST LE MEMBRE LE PLUS ANCIEN DU TRIUMVIRAT.
C'EST LA SEULE FAMILLE QUI ME RESTE, AVEC JULIAN...
LE VIEUX NOUS A ÉLEVÉS... MAIS C'EST PAS VRAIMENT UN PAPY-GÂTEAU. TOUT CE QUI L'INTÉRESSE, C'EST SERVIR LES INTÉRÊTS DU TRIUMVIRAT.
À HUIT ANS, IL M'A LÂCHÉ SEUL FACE À DES GOULES.
ET DEPUIS, IL ME FAIT SUBIR DES ENTRAÎNEMENTS POUR FAIRE DE MOI UNE ARME DE GUERRE.

MAIS LES GOULES, LES CULTISTES... C'EST RIEN À CÔTÉ DE CE QUI NOUS ATTEND.
QUANT À LA DOULEUR...
BEN, C'EST NOTRE LIEN AVEC CES CHOSES, CES... DIVINITÉS D'AUTRES DIMENSIONS. TU PEUX PAS APPRÉHENDER CETTE PUISSANCE COSMIQUE SANS UNE PETITE MIGRAINE, DE TEMPS EN TEMPS.
LE SANG DES TEMPS EST PLUS VIEUX QUE L'ANCIEN TESTAMENT, PLUS VIEUX QUE NOTRE UNIVERS, MÊME.
IL OUVRE NOTRE PSYCHÉ À TOUTES SORTES DE POUVOIRS INCROYABLES QUI NOUS PERMETTENT DE COMBATTRE LES GRANDS ANCIENS...
... OU BIEN DE LES APPELER ET DE LES AIDER. ÇA DÉPEND QUELS SONT TES PLANS.
ET LE TRIUM-MACHIN, C'EST QUOI SES PLANS ? RAMENER KRAALNAZGARATH ? DÉTRUIRE LE MONDE ?
NON, NON. C'EST PLUS COMPLIQUÉ QUE ÇA. LE TRIUMVIRAT EST CENSÉ ÊTRE IMPARTIAL. CE SONT DES OBSERVATEURS.
LE PROBLÈME, C'EST QU'À FORCE D'OBSERVER ET DE DÉTENIR TOUT CE POUVOIR, TOUTE CETTE CONNAISSANCE...
... Y EN A QUI SE METTENT À DÉCONNER ET À CROIRE QU'ILS PEUVENT CONTRÔLER LES GRANDS ANCIENS.
C'EST LE CAS DE CETTE SECTE D'IMBÉCILES QUE TON POTE A AFFRONTÉE. LE TYPE À LEUR TÊTE...
JE LE CONNAIS DEPUIS QUE JE SUIS PETIT.

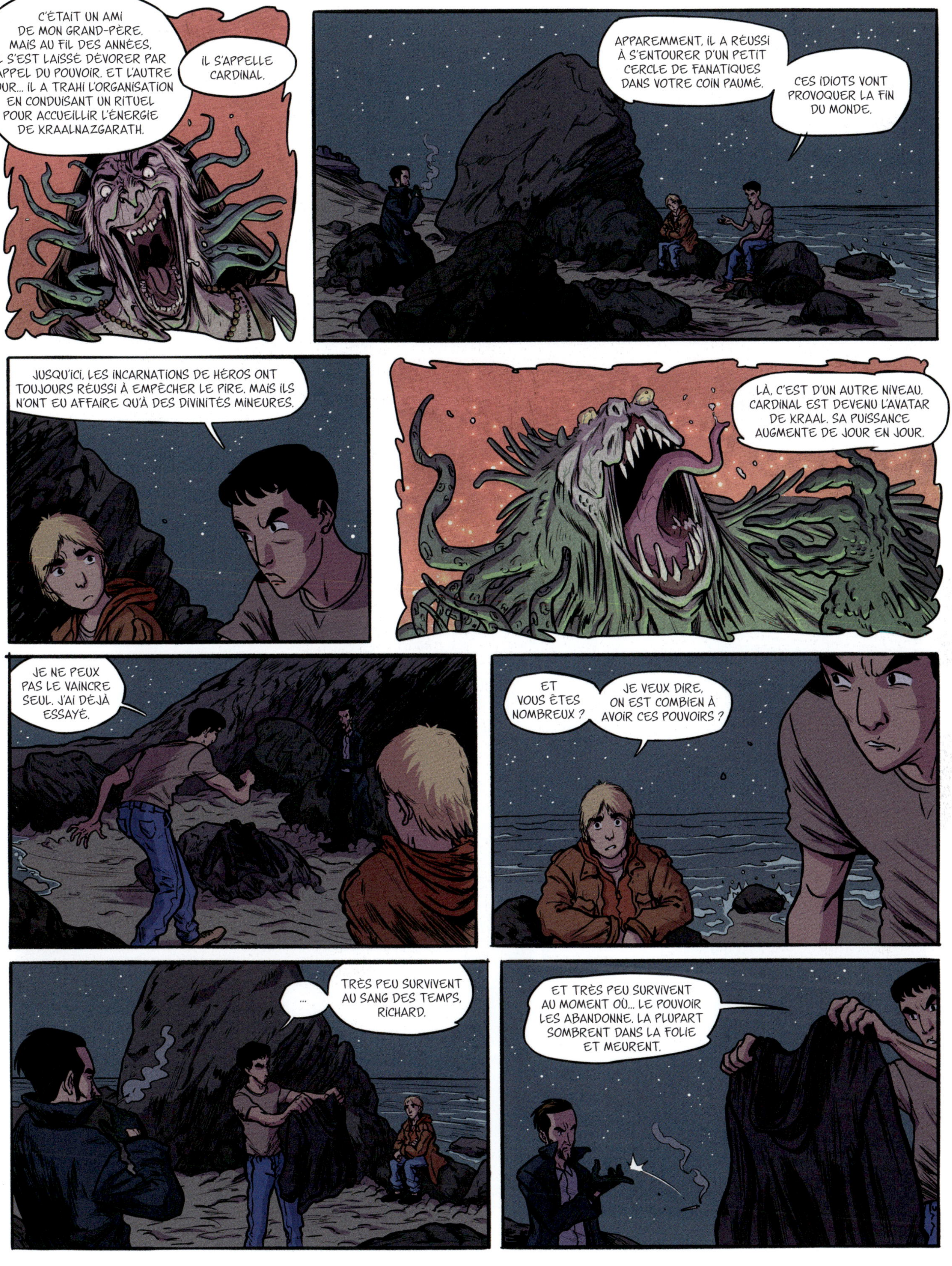
C'ÉTAIT UN AMI DE MON GRAND-PÈRE. MAIS AU FIL DES ANNÉES, IL S'EST LAISSÉ DÉVORER PAR L'APPEL DU POUVOIR. ET L'AUTRE JOUR... IL A TRAHI L'ORGANISATION EN CONDUISANT UN RITUEL POUR ACCUEILLIR L'ÉNERGIE DE KRAALNAZGARATH.
IL S'APPELLE CARDINAL.
APPAREMMENT, IL A RÉUSSI À S'ENTOURER D'UN PETIT CERCLE DE FANATIQUES DANS VOTRE COIN PAUMÉ.
CES IDIOTS VONT PROVOQUER LA FIN DU MONDE.
JUSQU'ICI, LES INCARNATIONS DE HÉROS ONT TOUJOURS RÉUSSI À EMPÊCHER LE PIRE. MAIS ILS N'ONT EU AFFAIRE QU'À DES DIVINITÉS MINEURES.
LÀ, C'EST D'UN AUTRE NIVEAU. CARDINAL EST DEVENU L'AVATAR DE KRAAL. SA PUISSANCE AUGMENTE DE JOUR EN JOUR.
JE NE PEUX PAS LE VAINCRE SEUL. J'AI DÉJÀ ESSAYÉ.
ET VOUS ÊTES NOMBREUX ?
JE VEUX DIRE, ON EST COMBIEN À AVOIR CES POUVOIRS ?
...
TRÈS PEU SURVIVENT AU SANG DES TEMPS, RICHARD.
ET TRÈS PEU SURVIVENT AU MOMENT OÙ... LE POUVOIR LES ABANDONNE. LA PLUPART SOMBRENT DANS LA FOLIE ET MEURENT.

ET COMMENT TU SAVAIS QUE MOI, JE SURVIVRAIS ?
SI TON CORPS N'AVAIT PAS ASSIMILÉ LE SANG DES TEMPS, TU NE SERAIS PLUS DE CE MONDE...
J'AI PRIS UN RISQUE.
MAIS EUX, ILS ALLAIENT T'ENLEVER. TE MANIPULER, TE TORTURER. AVEC JULIAN, ON S'EST JURÉ QUE ÇA N'ARRIVERAIT PLUS.
LE TRIUMVIRAT TE VEUT DANS SON CAMP.
TOUT COMME VALOGNES ET COSTA TE VEULENT DANS LE LEUR.
MES ORDRES ÉTAIENT D'APPRÉHENDER LEUR ÉMISSAIRE, RÉCUPÉRER L'ARTEFACT QU'IL AVAIT EN SA POSSESSION ET TE RAMENER AU TRIUMVIRAT.
MAIS MOI...
J'AI FOUTU LE BORDEL.
JE VOULAIS QUE T'AIES LE CHOIX. QUE TU NE SOIS LE JOUET DE PERSONNE.

RIIIIING!
HÉ, JE VOUS REJOINS DANS DEUX MINUTES DANS LA COUR !
ÇA ROULE ?
JE… TU VIENS DEMAIN SOIR ? À LA FÊTE DE JENN ?
POURQUOI ?
BAH, ÇA SERAIT COOL.
MES PARENTS ME LAISSERONT JAMAIS SORTIR. JE VOULAIS ESSAYER DE NÉGOCIER, MAIS AVEC CETTE TEMPÊTE "EXCEPTIONNELLE" ANNONCÉE, C'EST MORT…
POURQUOI TU ME DEMANDES ÇA ? ÇA T'INTÉRESSE, PEUT-ÊTRE ?
SARBACANE
T'ES RUDE… J'AI FAIT QUELQUE CHOSE ?
NON.
PLAS!
BON, FAUT QUE JE FILE.

ATTENDS ! TIFF... TU M'EN VEUX POUR UN TRUC ?
JE TE TROUVE HYPER DISTANTE.
NAN, TU TE FAIS DES FILMS.
LÂCHE-MOI, MAINTENANT !
C'EST À CAUSE DU... TEXTO ?
DU... TEXTO ?
EUH... NON, NON, AUCUN RAPPORT. HÉ, VANESS' !
AH, OK... CE SERAIT VRAIMENT COOL QUE TU PUISSES VENIR DEMAIN, EN TOUT CAS. JE SERAI LÀ.
TU SERAS PEUT-ÊTRE OCCUPÉ AILLEURS. AVEC QUELQU'UN D'AUTRE.
?!
ALLEZ, VIENS, VANESS' ! FAUT QU'ON AIDE JENN À FIGNOLER LES DERNIERS DÉTAILS DE LA FÊTE, ELLE EST TELLEMENT STRESS...
VOUS ALLEZ CHEZ JENN ?!

SON PÈRE Y EST, OU PAS ?
BEN, POUR TENDRE DES GUIRLANDES "JOYEUX ANNIVERSAIRE", C'EST MIEUX DE FAIRE ÇA CHEZ ELLE, NON ?
HEIN ?
QU'EST-CE QUE J'EN SAIS ? T'ES VRAIMENT CHELOU, DES FOIS.
JOSÉ ?!
ILS SONT AU GYMNASE.
PARDON ?
TES AMIS.
MADAME CUVIER LES A MISSIONNÉS POUR NETTOYER LE GYMNASE AVEC LES SECONDE C.
POURQUOI C'EST EUX QUI FONT ÇA ?
VA SAVOIR... SI QUELQU'UN FAIT LE TRAVAIL À TA PLACE... FAUT PAS POSER DE QUESTION !

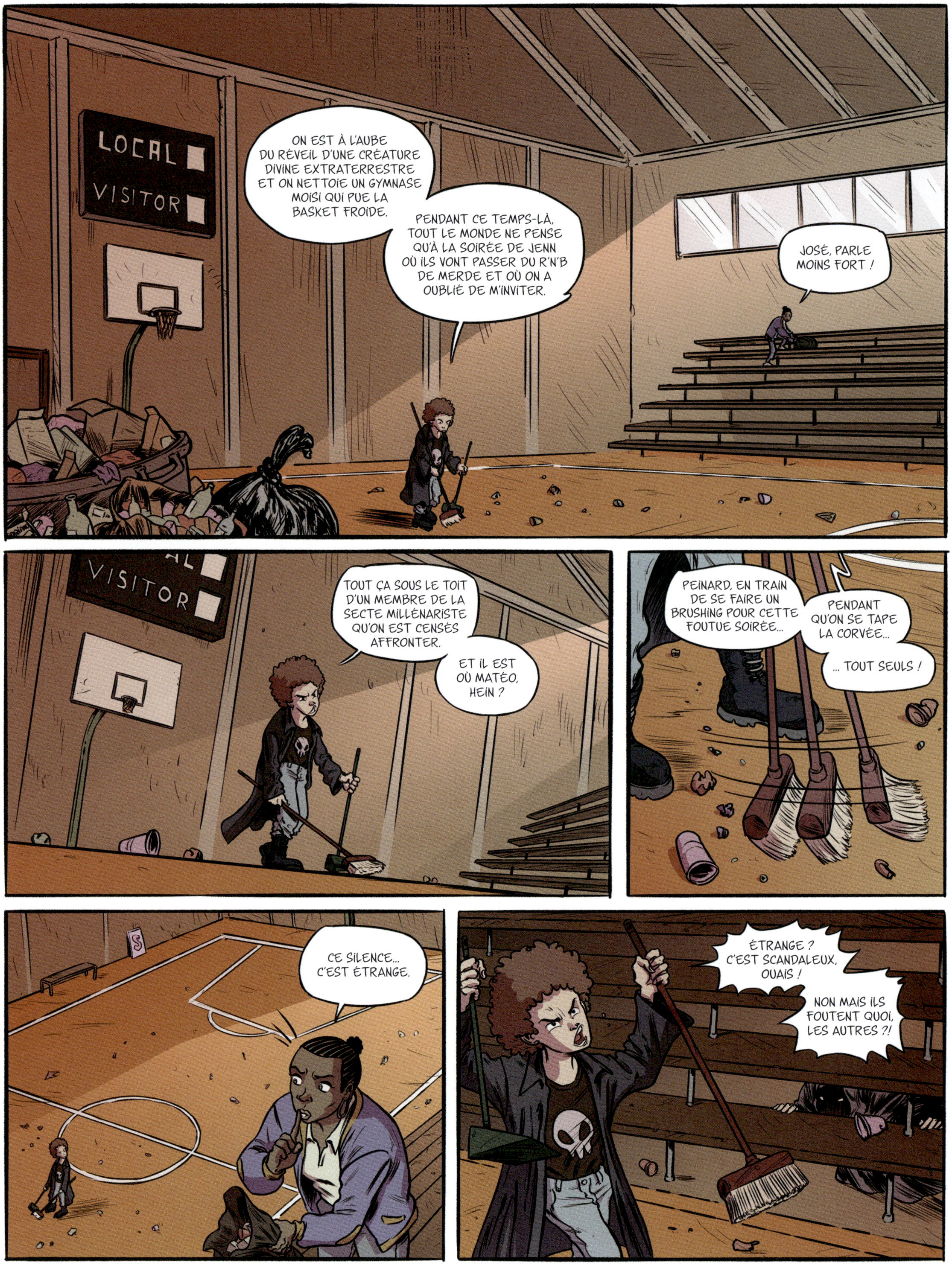
LOCAL
VISITOR
ON EST À L'AUBE DU RÉVEIL D'UNE CRÉATURE DIVINE EXTRATERRESTRE ET ON NETTOIE UN GYMNASE MOISI QUI PUE LA BASKET FROIDE.
PENDANT CE TEMPS-LÀ, TOUT LE MONDE NE PENSE QU'À LA SOIRÉE DE JENN OÙ ILS VONT PASSER DU R'N'B DE MERDE ET OÙ ON A OUBLIÉ DE M'INVITER.
JOSÉ, PARLE MOINS FORT !
VISITOR
TOUT ÇA SOUS LE TOIT D'UN MEMBRE DE LA SECTE MILLÉNARISTE QU'ON EST CENSÉS AFFRONTER.
ET IL EST OÙ MATÉO, HEIN ?
PEINARD, EN TRAIN DE SE FAIRE UN BRUSHING POUR CETTE FOUTUE SOIRÉE...
PENDANT QU'ON SE TAPE LA CORVÉE...
... TOUT SEULS !
CE SILENCE... C'EST ÉTRANGE.
ÉTRANGE ? C'EST SCANDALEUX, OUAIS !
NON MAIS ILS FOUTENT QUOI, LES AUTRES ?!

TAIS-TOI, JOSÉ.
QUE JE ME TAISE ? ET POURQUOI JE ME TAIRAIS ?
TU TROUVES ÇA NORMAL QU'ON ABUSE DES ÉLÈVES COMME ÇA ?
C'EST DU TRAVAIL FORCÉ ! DE L'EXPLOITATION DE MINEURS !
AH...
TOUT VA BIEN, MADAME CUVIER ?
JOSÉ...
TU DEVRAIS APPRENDRE À TE TAIRE.
SALE GOSSE.
TU VAS CREVER, PETIT MORVEUX !
SHAÏNA... C'EST LE MOMENT DE ME DIRE QUE T'AS UN DEUXIÈME PENDENTIF...
PAS DE BOL...

PLAS!
SHAÏNA !
PETITE GARCE, TU VAS VOIR CE QU'IL EN COÛTE DE SE MÊLER DES AFFAIRES DES GRANDS. VOUS N'AURIEZ JAMAIS DÛ INTERROMPRE LE RITUEL.
NOUS ALLONS VOUS RAMENER AU CARDINAL.
VOTRE S-SACRIFICE ACCÉLÉRERA LE RÉVEIL DU DIEU DES UNIVERS...
... ET LE G-GUIDERRRRRA JUSQU'À NNNNOUS !
MADAME CUV... ?
COUREZ !
KRRRZZAAAAL, J'AAAAAASSSSTAAAAAAASSSZZ !!!
POM! POM!
ON VA OÙ ?!
LA ROUTE EST À L'AUTRE BOUT DU COMPLEXE !
LE LYCÉE EST VIDE, ON PEUT TRAVERSER LA FORÊT POUR REJOINDRE LA ROUTE !

TU SAIS QUE C'EST UNE IDÉE DE MERDE, PAS VRAI ?
FERME-LA ET COURS !
ILS ARRIVENT !
ALLEZ, ZÉ !
AAAAAH !
TXAC
ARRR!
GNN !
PLAS!
PAM!
?
JOSÉ !
!!
?

RiCHARD !
TU VOLES !
MADAME CUVIER... ?
C'EST iMPOSSIBLE...
GNAAAAAARLGH !!!
ARGH !
GAH, GAH ! GAH !

CRRRRIIII
JE TE L'AI DIT : AUCUNE PITIÉ.
LE JOUR OÙ ELLE A REJOINT CETTE SECTE, ELLE A PERDU SON HUMANITÉ.
JE VOUS LE DIS, LES GARS...
SI J'AVAIS DES POUVOIRS PAREILS, JE SERAIS PAS CAPABLE DE RESTER DU CÔTÉ DU BIEN.
MON ÉPAULE...
TU SOIGNES TON POTE, OU JE M'EN CHARGE ?

BON. ON SAIT QUE L'ALIGNEMENT D'ÉTOILES QUI PERMETTRA DE PROCÉDER AU RITUEL FINAL SE RAPPROCHE. ON A DONC TRÈS PEU DE TEMPS.
WAOUH, ZÉ, ÇA TE VA BIEN DE FAIRE DES RÉVÉLATIONS APOCALYPTIQUES !
MATÉO, RESPECTE UN PEU LA GRAVITÉ DU MOMENT, JE TE PRIE.
ON VA TOUS PISSER DU SANG SI ON CONTINUE À STRESSER COMME ÇA...
ALORS, LE CÔTÉ DU BIEN, BON... C'EST NOUS.
BRAVO.
ET DU CÔTÉ DES MÉCHANTS, ON A CETTE SECTE DE TIMBRÉS PLUS OU MOINS LIÉE AU "TRIUMVIRAT"... DONT JE SOUPÇONNAIS BIEN ÉVIDEMMENT L'EXISTENCE DEPUIS DES LUSTRES.
GENTILS
MÉCHANTS
BREF, UN ORDRE SECRET ACTUELLEMENT DISSOUS EN RAISON D'UNE TRAHISON INTERNE.
CE QUI EST FRANCHEMENT PAS DOMMAGE.
GENTILS
MÉCHANTS
RICHARD
MATEO
JOSÉ
QUANT À LA SECTE...
ILS ÉTAIENT SIX AU DÉPART, QUAND ON LES A BRAVEMENT AFFRONTÉS, SHAÏNA ET MOI. LEUR CHEF EST UN DÉNOMMÉ *MARÉCHAL*.
CARDINAL.
CORRECT. CARDINAL EST DONC DEVENU L'AVATAR DU GRAND ANCIEN KRAALNAZGARATH.

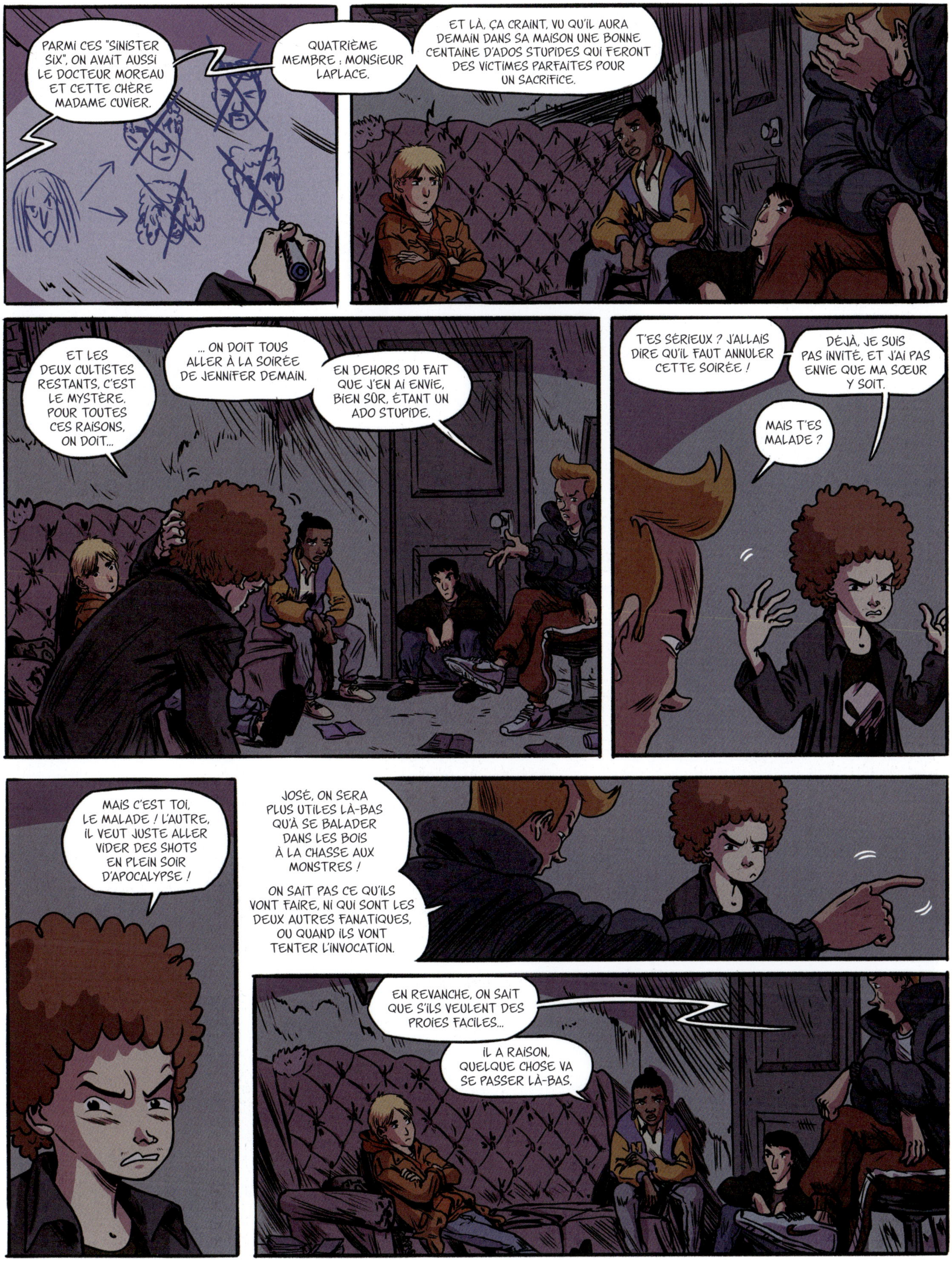
PARMI CES "SINISTER SIX", ON AVAIT AUSSI LE DOCTEUR MOREAU ET CETTE CHÈRE MADAME CUVIER.
QUATRIÈME MEMBRE : MONSIEUR LAPLACE.
ET LÀ, ÇA CRAINT, VU QU'IL AURA DEMAIN DANS SA MAISON UNE BONNE CENTAINE D'ADOS STUPIDES QUI FERONT DES VICTIMES PARFAITES POUR UN SACRIFICE.
ET LES DEUX CULTISTES RESTANTS, C'EST LE MYSTÈRE. POUR TOUTES CES RAISONS, ON DOIT...
... ON DOIT TOUS ALLER À LA SOIRÉE DE JENNIFER DEMAIN.
EN DEHORS DU FAIT QUE J'EN AI ENVIE, BIEN SÛR, ÉTANT UN ADO STUPIDE.
T'ES SÉRIEUX ? J'ALLAIS DIRE QU'IL FAUT ANNULER CETTE SOIRÉE !
DÉJÀ, JE SUIS PAS INVITÉ, ET J'AI PAS ENVIE QUE MA SŒUR Y SOIT.
MAIS T'ES MALADE ?
MAIS C'EST TOI, LE MALADE ! L'AUTRE, IL VEUT JUSTE ALLER VIDER DES SHOTS EN PLEIN SOIR D'APOCALYPSE !
JOSÉ, ON SERA PLUS UTILES LÀ-BAS QU'À SE BALADER DANS LES BOIS À LA CHASSE AUX MONSTRES !
ON SAIT PAS CE QU'ILS VONT FAIRE, NI QUI SONT LES DEUX AUTRES FANATIQUES, OU QUAND ILS VONT TENTER L'INVOCATION.
EN REVANCHE, ON SAIT QUE S'ILS VEULENT DES PROIES FACILES...
IL A RAISON, QUELQUE CHOSE VA SE PASSER LÀ-BAS.

MERCI ! AUTANT QUE RICHARD ET L'AUTRE SOIENT SUR PLACE POUR RÉAGIR, NON ?
ET PUIS, MOI AUSSI JE SERAI LÀ.
ENTRE LES POUVOIRS DE RICHARD ET LES POMPES QUE TU FAIS DEVANT TA GLACE, JE ME DEMANDE VRAIMENT QUI POURRAIT EMPÊCHER LA FIN DU MONDE.
PERSONNE N'IRA À LA FÊTE. LES FORCES QUI RÉGISSENT LE COSMOS VIBRENT EN NOUS. ET CE N'EST PAS LÀ QU'ELLES NOUS APPELLENT.
POUR VOUS, HUMAINS LAMBDAS, C'EST IMPOSSIBLE À CONCEVOIR.
LAISSEZ-NOUS RÉGLER ÇA.
C'EST NOTRE BOULOT.

HÉ. JE VOULAIS TE REMERCIER.
DE QUOI ?
DE M'AVOIR SAUVÉ LA VIE, QUAND T'AS SÉCHÉ LE CINGLÉ EN CAPUCHE.
JOLI KICK, D'AILLEURS. TU FAIS DE LA BOXE THAÏ ?
J'EN AI FAIT, Y A LONGTEMPS. J'ÉTAIS CONTENTE DE VOIR QUE J'AVAIS PAS TROP PERDU.
TU T'ATTENDAIS PAS À CE QU'UNE FILLE TE SAUVE LA MISE ?
NON, C'EST COOL. JE T'EN DOIS UNE...
MAIS...
J'EN DOIS UNE AUSSI À JOSÉ POUR NOUS AVOIR PERMIS DE TE RENCONTRER...
EUH...
DU COUP, TU SERAS LÀ, DEMAIN SOIR ?

CRAK!
ÇA... ÇA VA, ZÉ ?
HÉ ! C'EST QUOI, LE PROBLÈME ?
QUOI ?
T'ES SÉRIEUX ?
NON, MAIS VRAIMENT... ?
T'ES SÉRIEUX ?
!!
PFF...
Y AVAIT PAS D'AUTRE FILLE POUR MATÉO LE BEAU GOSSE, HEIN ?

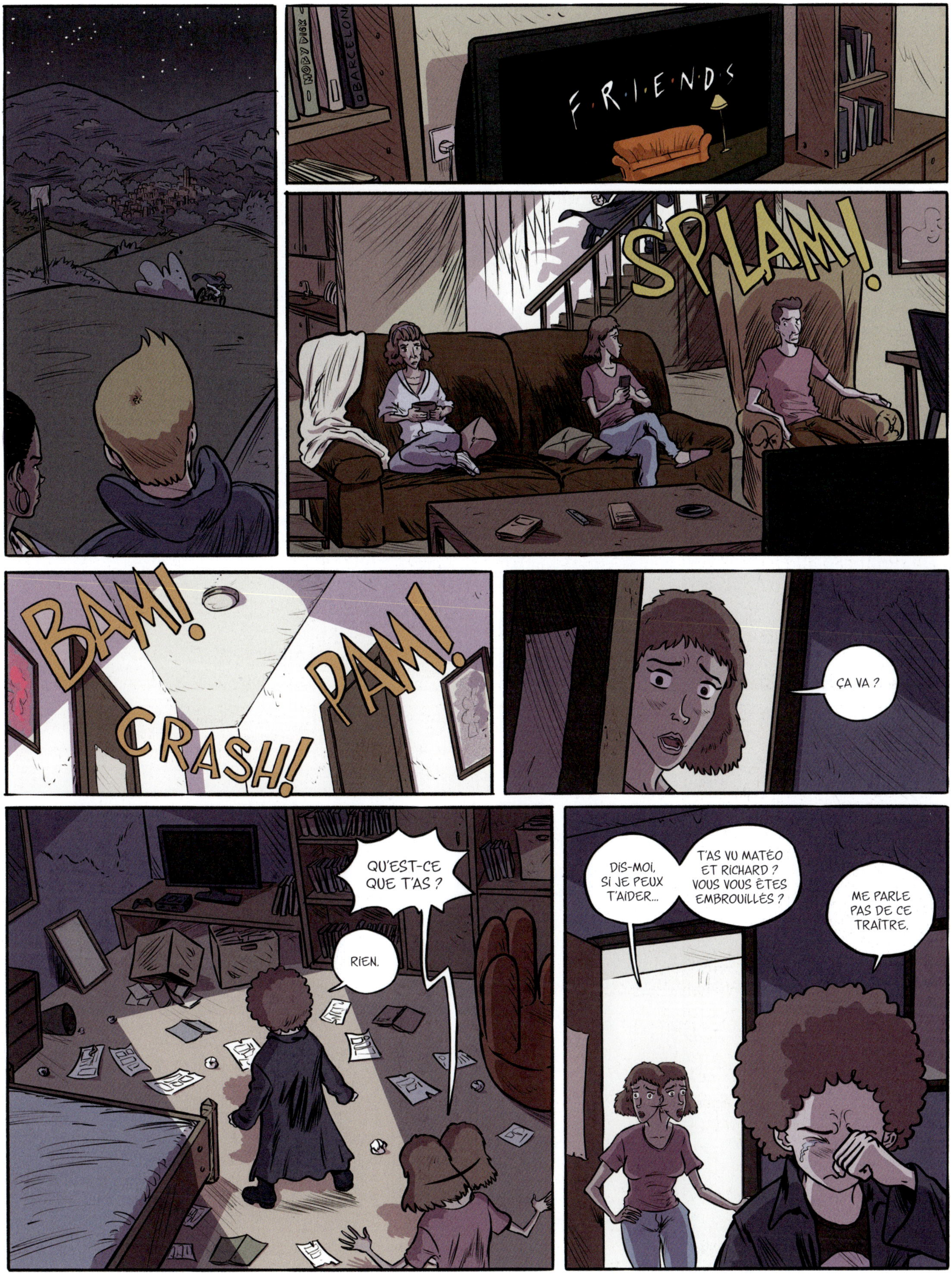
FRIENDS
SPLAM!
BAM!
CRASH!
PAM!
ÇA VA ?
QU'EST-CE QUE T'AS ?
RIEN.
DIS-MOI, SI JE PEUX T'AIDER...
T'AS VU MATÉO ET RICHARD ? VOUS VOUS ÊTES EMBROUILLÉS ?
ME PARLE PAS DE CE TRAÎTRE.

MAIS DE QUI TU PARLES ?
MATÉO. C'EST VRAIMENT UN BÂTARD.
IL A FAIT QUOI ?
T'AS QU'À DEMANDER À SHAÏNA.
COMMENT ÇA ?
T

Papa t'aime plus fort que tout, c'est que la vie est...
S'il m'arrive quoi que ce soit, je veux que...
Je serai toujours là pour...

BROOOOM
!!
GUAU
GUAU
GUAU
VALOGNES.
MES PARENTS ÉTAIENT ÉDITEURS, MAIS ILS SE CONSIDÉRAIENT PLUTÔT COMME DES AVENTURIERS.

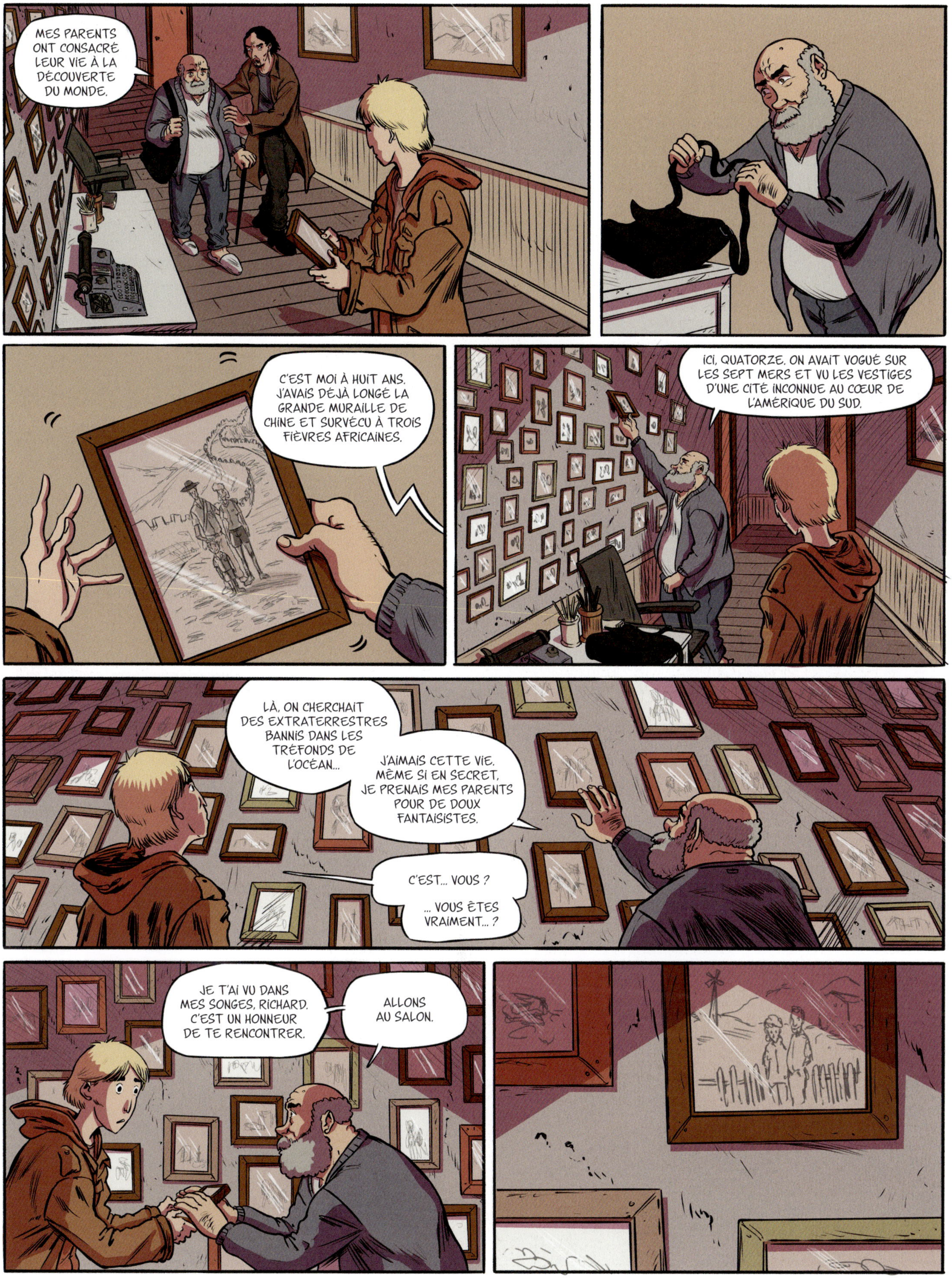
MES PARENTS ONT CONSACRÉ LEUR VIE À LA DÉCOUVERTE DU MONDE.
C'EST MOI À HUIT ANS. J'AVAIS DÉJÀ LONGÉ LA GRANDE MURAILLE DE CHINE ET SURVÉCU À TROIS FIÈVRES AFRICAINES.
ICI, QUATORZE. ON AVAIT VOGUÉ SUR LES SEPT MERS ET VU LES VESTIGES D'UNE CITÉ INCONNUE AU CŒUR DE L'AMÉRIQUE DU SUD.
LÀ, ON CHERCHAIT DES EXTRATERRESTRES BANNIS DANS LES TRÉFONDS DE L'OCÉAN...
J'AIMAIS CETTE VIE. MÊME SI EN SECRET, JE PRENAIS MES PARENTS POUR DE DOUX FANTAISISTES.
C'EST... VOUS ?
... VOUS ÊTES VRAIMENT... ?
JE T'AI VU DANS MES SONGES, RICHARD. C'EST UN HONNEUR DE TE RENCONTRER.
ALLONS AU SALON.

MAIS... VOUS HABITEZ ICI ? À UNE CINQUANTAINE DE KILOMÈTRES DE CHEZ NOUS ?
MES PARENTS ÉTAIENT ORIGINAIRES DE SAINTE-FORGE. ON AVAIT UNE MAISON NON LOIN DU MOULIN DE LA HUTTE, TU VOIS ?
UN ENDROIT PARFAIT POUR SE REPOSER APRÈS NOS INTERMINABLES VOYAGES.
C'EST PRÉCISÉMENT AU COURS DE L'UN D'EUX QUE TOUT A COMMENCÉ. EN 1936.
ON ÉTAIT PARTIS AUX ÉTATS-UNIS, DANS LE RHODE ISLAND. MES PARENTS ONT DÉCOUVERT... NON PAS UN LIEU, MAIS UNE PERSONNE EXTRAORDINAIRE.
C'ÉTAIT UN ÉCRIVAIN D'UNE INTELLIGENCE HORS-NORME, MAIS QUI NE PARVENAIT PAS À TROUVER D'ÉDITEUR.
JE N'AI JAMAIS RETROUVÉ EN LITTÉRATURE UNE TELLE APTITUDE À SUSCITER LA PEUR.
UN SENTIMENT DE VÉRITÉ SE DÉGAGEAIT DE SES HISTOIRES.
MES PARENTS SE SONT LIÉS D'AMITIÉ AVEC LUI...
... ET ONT FINI PAR COMPRENDRE POURQUOI SES TEXTES N'AVAIENT ENCORE JAMAIS ÉTÉ PUBLIÉS.
IL ÉTAIT VICTIME D'UN COMPLOT.
CET HOMME AVAIT DES VISIONS, IL SAVAIT LIRE L'HISTOIRE SECRÈTE, TOUT COMME NOUS AUJOURD'HUI...
PROVIDENCE
IMPOSSIBLE...
IL S'APPELAIT HOWARD PHILLIPS LOVECRAFT.
D.R.

PUIS EST VENU LE TEMPS DE RENTRER EN FRANCE.
CE SOIR-LÀ, ALORS QUE NOUS QUITTIONS PROVIDENCE EN VOITURE, UN CYCLONE A BRUSQUEMENT FRAPPÉ LE RHODE ISLAND.
ET C'EST TANDIS QUE LES ÉLÉMENTS SE DÉCHAÎNAIENT, QUE J'AI VU DANS UN HALO DE TÉNÈBRES...
... CETTE MONSTRUEUSE RÉALITÉ PRENDRE VIE ENTRE LES NUAGES...
... AINSI QUE...
... CEUX QUI LUTTAIENT CONTRE ELLE.
DES INCARNATIONS DE HÉROS...
CE JOUR-LÀ, MES PARENTS SONT MORTS DANS L'ACCIDENT DE VOITURE PROVOQUÉ PAR LA TEMPÊTE.
LOVECRAFT EST MORT UNE ANNÉE PLUS TARD, D'UN CANCER, AVANT QUE J'AIE PU REPRENDRE CONTACT AVEC LUI.
ET POUR RÉPONDRE À LA QUESTION QUE TU DOIS TE POSER : OUI, C'EST À CE MOMENT-LÀ QUE J'AI EU MES PREMIÈRES VISIONS, ET CRÉÉ MA PREMIÈRE HISTOIRE.
C'EST À CE MOMENT-LÀ QUE LA BD *HÉROS* EST NÉE.

JE ME SUIS ENFUI DE L'ORPHELINAT OÙ ON M'AVAIT PLACÉ...
... ET LA SUITE, TU PEUX L'IMAGINER.
C'ÉTAIT LE CLAN CARDINAL QUI RÉGNAIT SUR L'ÉDITION, À L'ÉPOQUE. C'EST EUX QUI ONT ESSAYÉ DE MUSELER LOVECRAFT.
ET AUJOURD'HUI, C'EST LEUR DESCENDANT QUI NOUS POURCHASSE, A ACHETÉ L'IMPRIMERIE DE *HÉROS* ET TRAHI LE TRIUMVIRAT.
ET À PRÉSENT...
... NOTRE SEUL AVANTAGE, C'EST QUE NOTRE ENNEMI EST SI OBNUBILÉ PAR SES PROJETS D'INVOCATION...
... QU'IL A OUBLIÉ QUE NOUS AUSSI SOMMES CAPABLES DE FAIRE APPEL AUX FORCES OCCULTES.
...
C'EST LE... LE...
LE RITUEL AURA LIEU CETTE NUIT DANS LA FORÊT, NON LOIN DE BIBRACTE, D'APRÈS NOS RECHERCHES.
RICHARD, TU VAS NOUS AIDER À FAIRE DIVERSION...
Valognes
Valognes
Valognes
Valognes
Valognes
... PENDANT QUE COSTA BANNIRA KRAALNAZGARATH.

COMMENT TU TE SENS ?
José
Tous au banc.
Maintenant.
...
BON, MERCI D'ÊTRE VENUS.

JE VOUS AI CONVOQUÉS POUR VOUS ANNONCER QUE JE DISSOUS LEGACY.
ALORS DÉJÀ, C'EST HÉRITIER ET PAS LEGACY, POUR LA SIX-CENTIÈME FOIS.
ENSUITE, LE PROJET EST AU POINT MORT, VU QU'ON N'A PLUS LES PLANCHES ET QUE LA TERRE AURA SÛREMENT DISPARU D'ICI LUNDI.
LES GARS, QU'EST-CE QUI SE PASSE, LÀ ?
C'EST QUOI CE DÉLIRE ?
J'AI SIMPLEMENT DÉCIDÉ DE DISSOUDRE LE PROJET. JE PEUX PAS AVANCER AVEC DES TRAÎTRES.
HÉ, RESTE TRANQUILLE.
JE VOIS MÊME PAS DE QUOI TU PARLES.
PFFF, C'EST ÇA, OUAIS...
VOUS ME SOÛLEZ À LA FIN, QUELQU'UN PEUT... ?
C'EST SIMPLE : MONSIEUR LE "BG" PEUT AVOIR LES MEUFS QU'IL VEUT AU BAHUT, ET IL CHOISIT LA SEULE AVEC QUI JE VIS UN TRUC...

HA HA ! NAN, MAIS ATTENDS, TU CROIS VRAIMENT QUE T'AVAIS UNE CHANCE AVEC ELLE ?
JE DIS PAS ÇA POUR TE BLESSER, MAIS REDESCENDS SUR TERRE !
ESPÈCE D'ENFLURE.
SHAÏNA, ELLE EST ASSEZ GRANDE POUR SAVOIR CE QU'ELLE VEUT. JE L'AI PAS OBLIGÉE.
JE SAVAIS PAS QU'ELLE TE PLAISAIT. ET JE VOIS PAS LE RAPPORT AVEC LA BD.
TU PARLES. TU PENSES QU'À TA GUEULE, TU TE TROUVES TOUJOURS DES EXCUSES.
T'ES QU'UN SALE ÉGOÏSTE !
HÉ, DOUCEMENT. TU T'ES JAMAIS INTÉRESSÉ AUX MEUFS, GARS, COMMENT JE POUVAIS SAVOIR ?
ET POUR LA BD, SOIS UN PEU LUCIDE : TU VAS RIEN ARRÊTER DU TOUT. SI ON A ENVIE DE CONTINUER, ON CONTINUERA.
D'ABORD TU ME PIQUES MA COPINE, ET APRÈS TU VEUX M'ÉVINCER DE MON PROJET ?!
TON PROJET ?!
!!

C'EST TOI QUI PASSES TES NUITS À DESSINER, À RECOMMENCER, À GALÉRER ? C'EST TOI QUI FLIPPES DE T'ENDORMIR...
... ET DE SUBIR CES CAUCHEMARS SUR *HÉROS* ?
TU T'EN REMETTRAS. T'ES HABITUÉ À TE PRENDRE DES VESTES, NON ?
VA TE FAIRE FOUTRE, MAT.
ET TIFFANY,
ALORS ?
IMPASSE

DING DONG
MON GRAND, TU VOUDRAS BIEN ACCOMPAGNER TA SŒUR À LA SOIRÉE DE JENNIFER? TON PÈRE EST D'ACCORD POUR QUE TIFFANY Y AILLE À CONDITION QUE TOI AUSSI. FAIS ÇA POUR ELLE, MON CHAT.
19:21
DING DONG
DING DONG
CLAC
SALUT, JOSÉ.
MATÉO EST PAS LÀ.

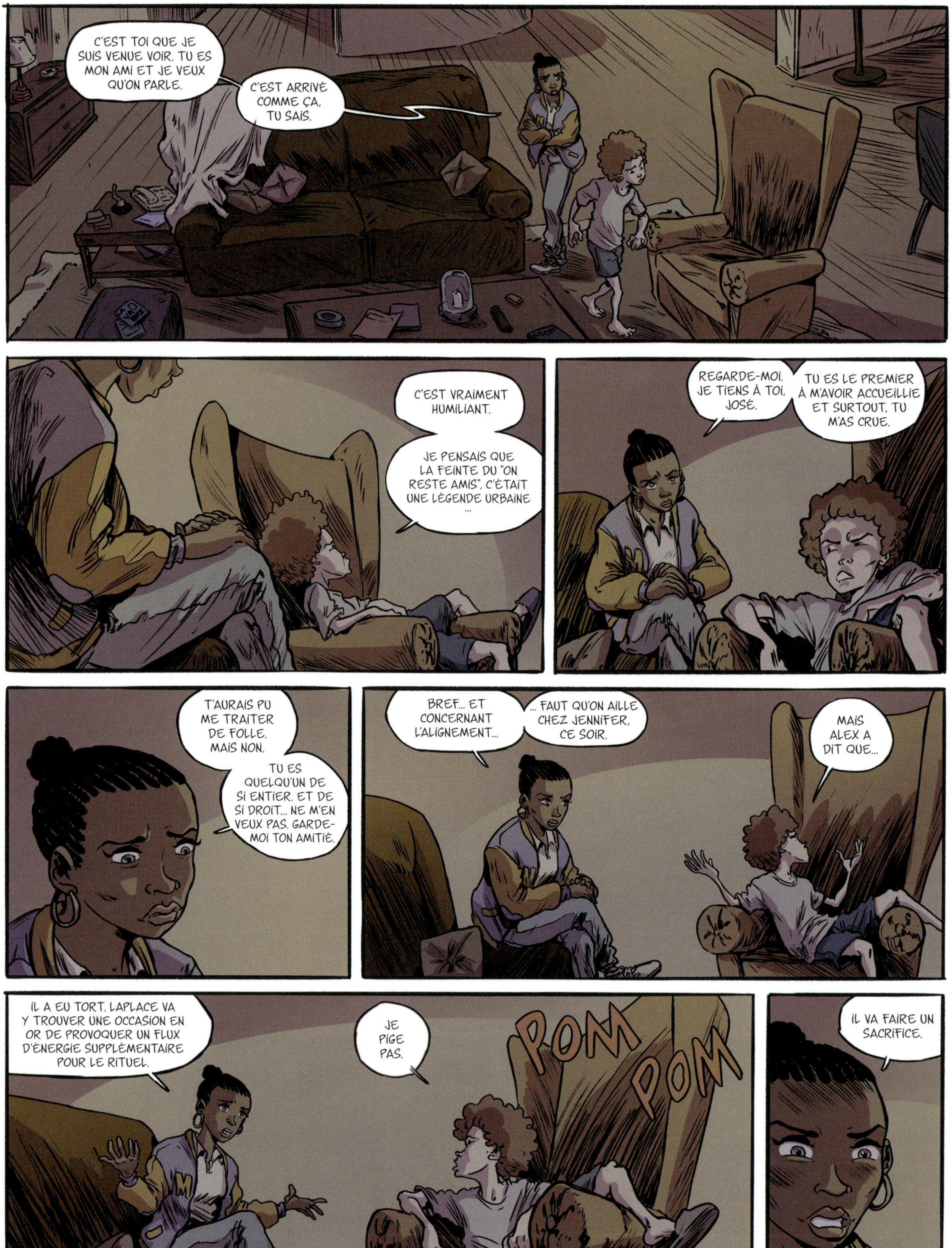
C'EST TOI QUE JE SUIS VENUE VOIR. TU ES MON AMI ET JE VEUX QU'ON PARLE.
C'EST ARRIVÉ COMME ÇA, TU SAIS.
C'EST VRAIMENT HUMILIANT.
JE PENSAIS QUE LA FEINTE DU "ON RESTE AMIS", C'ÉTAIT UNE LÉGENDE URBAINE ...
REGARDE-MOI. JE TIENS À TOI, JOSÉ.
TU ES LE PREMIER À M'AVOIR ACCUEILLIE ET SURTOUT, TU M'AS CRUE.
T'AURAIS PU ME TRAITER DE FOLLE. MAIS NON.
TU ES QUELQU'UN DE SI ENTIER. ET DE SI DROIT... NE M'EN VEUX PAS. GARDE-MOI TON AMITIÉ.
BREF... ET CONCERNANT L'ALIGNEMENT...
... FAUT QU'ON AILLE CHEZ JENNIFER, CE SOIR.
MAIS ALEX A DIT QUE...
IL A EU TORT. LAPLACE VA Y TROUVER UNE OCCASION EN OR DE PROVOQUER UN FLUX D'ÉNERGIE SUPPLÉMENTAIRE POUR LE RITUEL.
JE PIGE PAS.
POM
POM
IL VA FAIRE UN SACRIFICE.

POM
POM
POM
THIERRY ?
JOSÉ, IL FAUT... QUE TU M'AIDES. C'EST HORRIBLE !
QUELQU'UN A TUÉ MON ONCLE !!
QUOI ?!
IL EST MORT, JE L'AI TROUVÉ AU SOUS-SOL DE LA LIBRAIRIE !
TES PARENTS SONT LÀ ?
MONSIEUR ARMAND EST MORT ?
OUI, IL EST MORT...

... ET C'EST MOI QUI L'AI TUÉ.
GN !
AAAHHHHH!!

BOM
BOM
BOM
BOM
BOM
BOM
BOM
BOM
BOM
BOM
WAOUH, VOUS ÊTES TROP BELLES !
BOM
SALUT, MAT. SI T'AS UN CADEAU, C'EST VANESS' QUI GÈRE. ET POUR LES BOUTEILLES, C'EST SUR LA GRANDE TABLE.
BOM
BOM
BOM
BOM
OK...
DIS DONC, LE MONDE ! T'AS INVITÉ TOUTE LA RÉGION, OU QUOI ?
BOM
BOM
BOM
BOM
BEN OUAIS, ON A PAS 16 ANS TOUS LES JOURS ! ET LE DJ VIENT DE PARIS.
BOM
BOM
BOM
BOM
BOM

TROP BIEN, TON COSTUME, MAT ! T'ES PAS VENU AVEC TES DEUX BOULETS ?
HA HA, ÇA VA, JE DÉCONNE !
ILS VIENNENT ?
MON FRÈRE, ÇA M'ÉTONNERAIT... IL A PAS LA TÊTE À ÇA.
D'AILLEURS, J'ESPÈRE QUE MON PÈRE VA PAS S'EN RENDRE COMPTE.
TIFF, ON PEUT SE PARLER ?
J'AI RIEN À DIRE. JE PRÉVIENS SHAÏNA QUE T'ES À L'INTÉRIEUR DÈS QU'ELLE ARRIVE ? BONNE SOIRÉE.
à 19:50
Les gars, je vais à la fête.
à 20:21
Quelqu'un y va ??
à 20:46
Allô ?
à 20:49
Je suis le seul à être emmerdé par la possibilité d'un sacrifice humain chez Monsieur Laplace ?
PFF...

BROOM !
VOUS TROUVEZ PAS QUE LA FORÊT EST...
PAR LÀ.
RÉVEILLE-TOI !
JOSÉ !
TU M'ENTENDS ? RÉVEILLE-TOI !

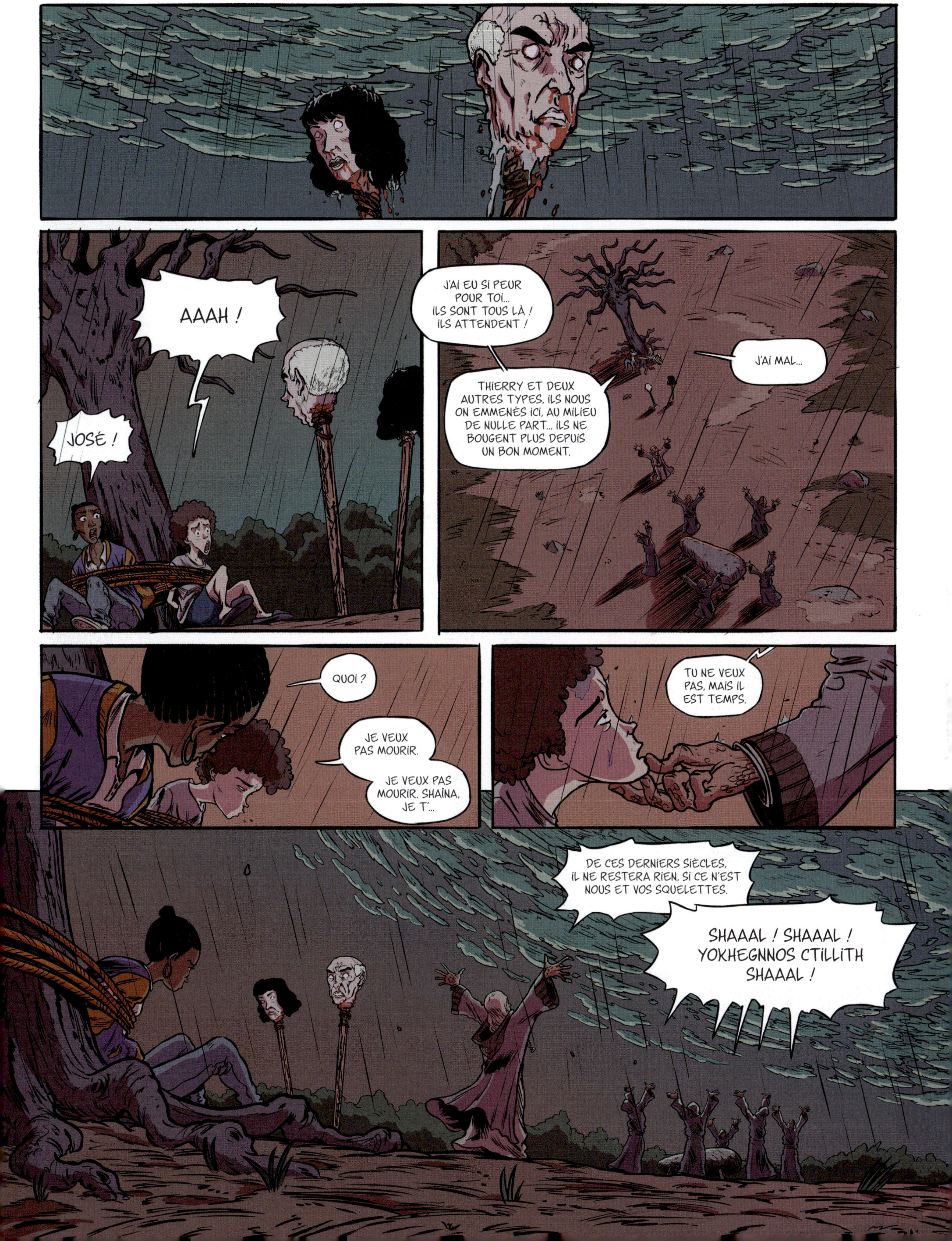
AAAH !
JOSÉ !
J'AI EU SI PEUR POUR TOI... ILS SONT TOUS LÀ ! ILS ATTENDENT !
THIERRY ET DEUX AUTRES TYPES, ILS NOUS ON EMMENÉS ICI, AU MILIEU DE NULLE PART... ILS NE BOUGENT PLUS DEPUIS UN BON MOMENT.
J'AI MAL...
QUOI ?
JE VEUX PAS MOURIR.
JE VEUX PAS MOURIR, SHAÏNA, JE T'...
TU NE VEUX PAS, MAIS IL EST TEMPS.
DE CES DERNIERS SIÈCLES, IL NE RESTERA RIEN, SI CE N'EST NOUS ET VOS SQUELETTES.
SHAAAL ! SHAAAL ! YOKHEGNNOS CTILLITH SHAAAL !

KRAALNAZGARATH, KRAALNAZGARATH, ANCIEN PARMI LES ANCIENS...
TU ES L'ORIGINE.
TRAVERSE LE BERCEAU DES CIEUX... ET RÈGNE !
KRRRHAAAAALLLZ NTHAAAAAAAANNNNG FRASKAAAAAAATZ SKRAAAAAAAAAALLLL...

LES GARÇONS, À VOUS DE JOUER !
MAIS... ET VOUS ? ON A BESOIN DE VOUS POUR CONTRER CARDINAL...
JE VOUS REJOINDRAI AUSSI VITE QUE POSSIBLE, ALLEZ-Y !!!
VIENS, ON A PAS BESOIN DE CE TOCARD.
ON Y ARRIVERA TRÈS BIEN TOUS LES DEUX.
IL VA VOIR DE QUEL BOIS ON SE CHAUFFE, CARDINAL.
JE SAIS QUE TU ME HAIS. MAIS NOUS DEVONS UNIR NOS FORCES, CE COUP-CI.

TU PRÉFÈRES UN SOFT ? UNE BIÈRE ?
BOM
BOM
SI J'AI SOIF, JE SAIS ENCORE ME DÉBROUILLER ! MERCI !
OK... AU FAIT, J'ADORE TON COSTUME !
C'EST À JOSÉ !
TU SAIS, JOSÉ, TON POTE ? TU T'EN SOUVIENS ?
BOM
BOM
TIFF, SANS DÉCONNER ! C'EST QUOI, LE PROBLÈME ?
BOM
TU ROULES DES PELLES À QUI TU VEUX. MAIS ME PRENDS PAS POUR UNE CONNE.
D'AILLEURS, ELLE FAIT QUOI, TA DOUCE ?
BOM
BOM
ELLE EST TROP OCCUPÉE À PRENDRE MON FRÈRE POUR SON LARBIN ?...
BOM
MAINTENANT, TU M'EXCUSES, JENN A BESOIN DE MOI.
BOM
BOM

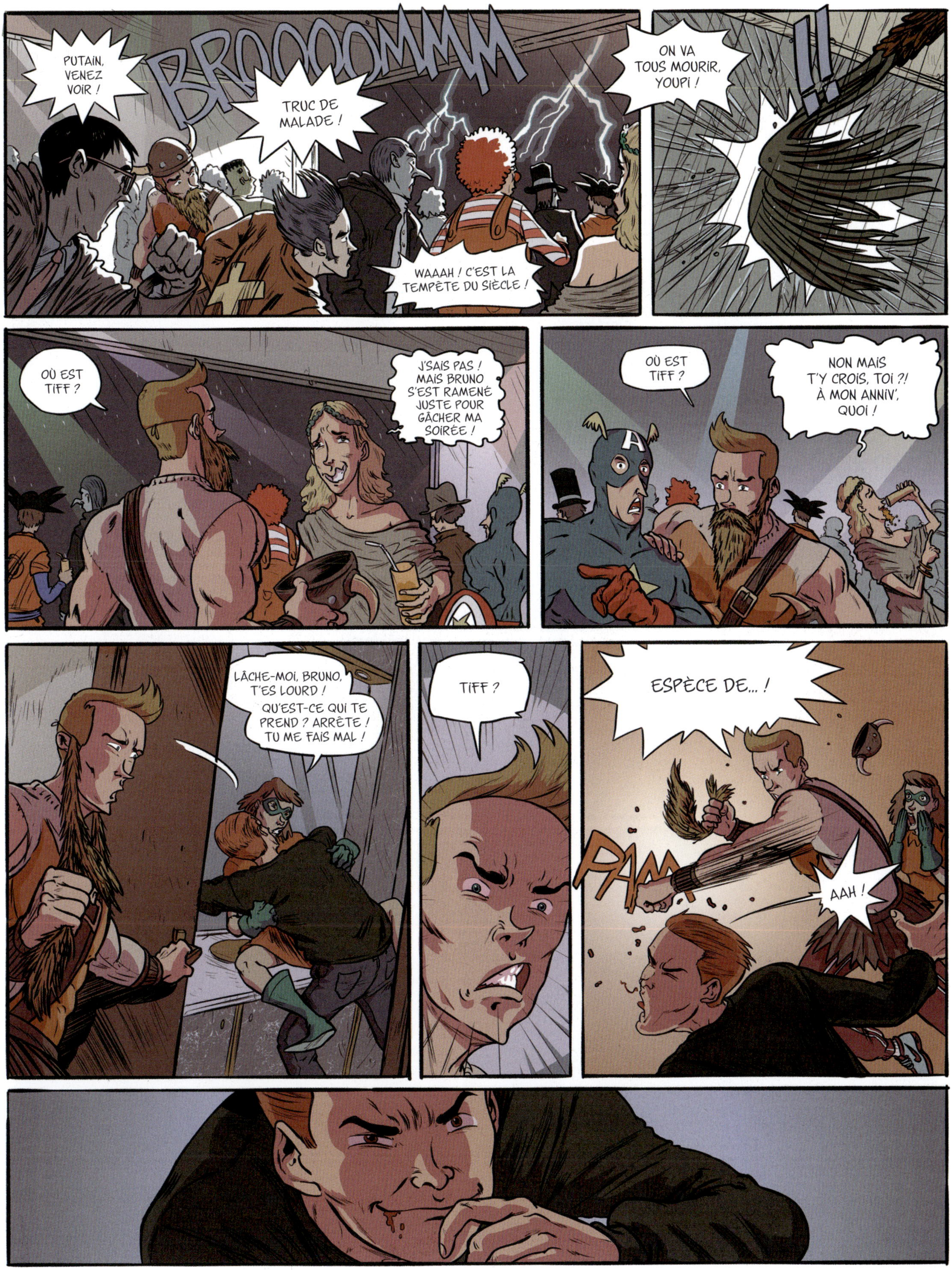
PUTAIN, VENEZ VOIR !
BROOOOMMM
TRUC DE MALADE !
WAAAH ! C'EST LA TEMPÊTE DU SIÈCLE !
ON VA TOUS MOURIR, YOUPI !
!!
OÙ EST TIFF ?
J'SAIS PAS ! MAIS BRUNO S'EST RAMENÉ JUSTE POUR GÂCHER MA SOIRÉE !
OÙ EST TIFF ?
NON MAIS T'Y CROIS, TOI ?! À MON ANNIV', QUOI !
LÂCHE-MOI, BRUNO, T'ES LOURD !
QU'EST-CE QUI TE PREND ? ARRÊTE ! TU ME FAIS MAL !
TIFF ?
ESPÈCE DE... !
PAM
AAH !

PAM!
MATÉO !
JE TE LA LAISSE, TA PETITE TRAÎNÉE.
PTU!
ELLE PUE L'ÉCHEC, COMME SON FRÈRE...
JENN ! JENNIFER !
T'ES OÙ, BORDEL ?!
!
OUPS, PARDON, ON CHERCHAIT LES TOILETTES...
VOUS VOULEZ UN PEU... D'INTIMITÉ ?
NON... NON !
C'EST LUI !
MONSIEUR LAPLACE !

S'UHN, FM'LATGH NAFLCH' RON NAFL !
ÇA Y EST...
NON...
FERME LES YEUX !
FERME LES YEUX, JOSÉ ! NE REGARDE PAS LE CIEL !
RICHAAAAARD !!

GB,
GB...
RRREEEEAAAAARGH !!
MERCI, ALEX, MAIS...
... JE N'AVAIS PAS BESOIN D'AUTRES TÊTES.
J'AI DÉJÀ COMPLÉTÉ...
... MA COLLECTION.
!!
EN FAIT, JE N'AI PLUS BESOIN DE PERSONNE... ALORS... MOUREZ...
SKRRRAAAAA
... ET QUE LE RÈGNE DE KRAALNAZGARATH REPRENNE !

ALEX...
IL Y EN A UN AUTRE QUI ARRIVE !
AHHHHHH!

ZAS

RECULEZ !
BABOOOM!!
HKKKK....
KYAAAAAAAAAAARGH !!

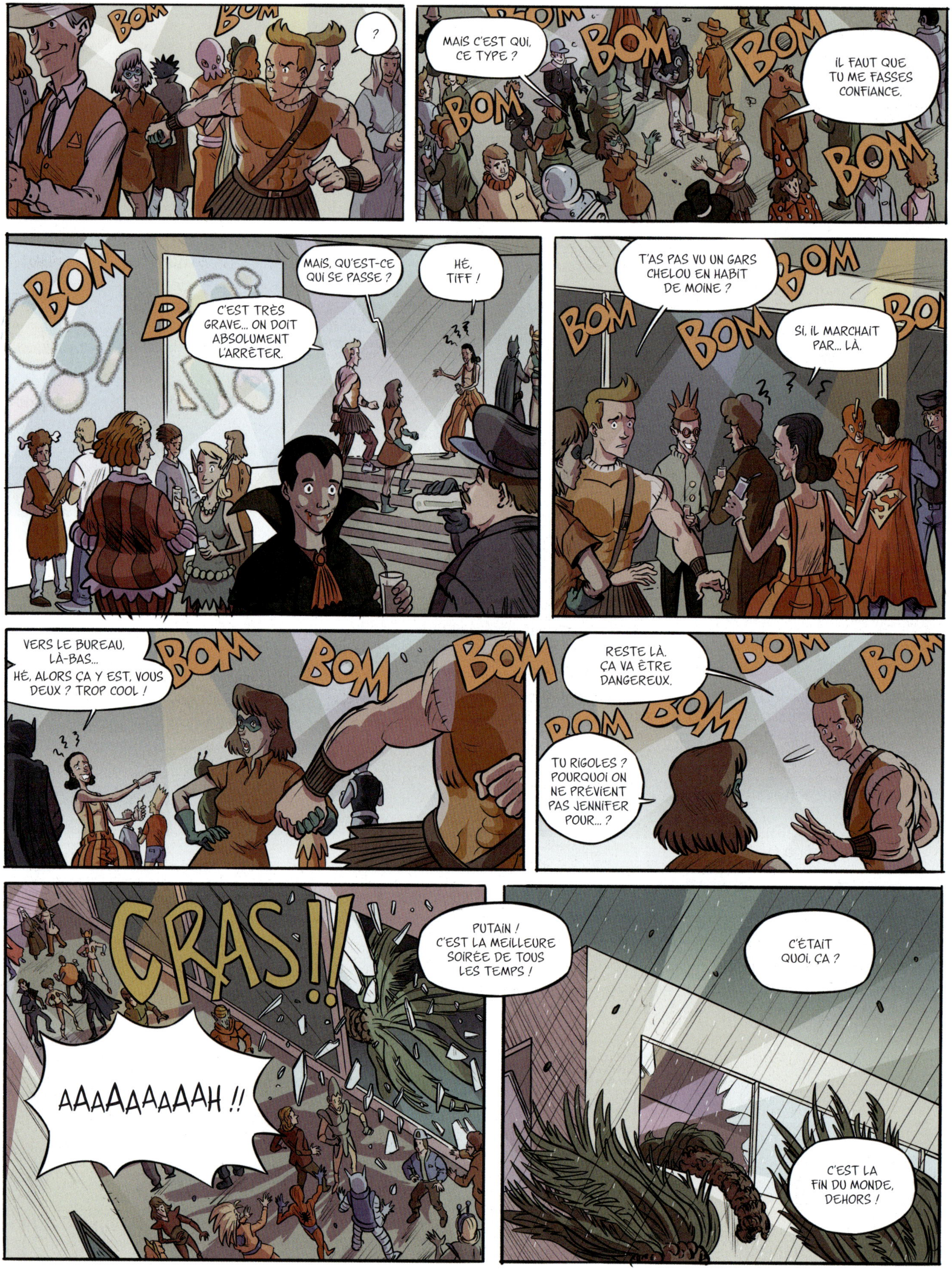
BOM
BOM
?
MAIS C'EST QUI, CE TYPE ?
BOM
BOM
BOM
IL FAUT QUE TU ME FASSES CONFIANCE.
BOM
BOM
MAIS, QU'EST-CE QUI SE PASSE ?
HÉ, TIFF !
C'EST TRÈS GRAVE... ON DOIT ABSOLUMENT L'ARRÊTER.
T'AS PAS VU UN GARS CHELOU EN HABIT DE MOINE ?
BOM
BOM
BOM
SI, IL MARCHAIT PAR... LÀ.
VERS LE BUREAU, LÀ-BAS...
HÉ, ALORS ÇA Y EST, VOUS DEUX ? TROP COOL !
BOM
BOM
BOM
RESTE LÀ. ÇA VA ÊTRE DANGEREUX.
BOM
BOM
BOM
TU RIGOLES ? POURQUOI ON NE PRÉVIENT PAS JENNIFER POUR... ?
CRAS!!
AAAAAAAAAH !!
PUTAIN ! C'EST LA MEILLEURE SOIRÉE DE TOUS LES TEMPS !
C'ÉTAIT QUOI, ÇA ?
C'EST LA FIN DU MONDE, DEHORS !

MONSIEUR LAPLACE... ?!
Y A DE LA FUMÉE !
AU SECOURS !
SORTEZ ! TOUT LE MONDE DEHORS ! IL Y A LE FEU !

LE SANG DE MON SANG. LE SANG DE MON SANG POUR LE RÉVEIL DE KRAALZNAZGARATH...
PAPA... ?
SMAK !
MATÉO !
PAPA... PAPA, NON...
LE SANG DE MON SANG...
AAGH !
LAISSE-LA !
AAAARGH !

AAAAARGH !
AAAAAARGH !

NON !
HMPH !
NGGNNN !
DANS LE CIEL... LE SIGNE DES GRANDS ANCIENS...
QUELQU'UN ESSAIE DE REFERMER LE PORTAIL...
CLAC
!!
NOM DE DIEU... ALEX !
YAAAHH !
JULIAN, BORDEL... PAS ÇA...
TU RISQUES DE TE...

MERDE, RICHARD ! T'ATTENDS QUOI ?!
PAM
ROOOOOAAARR !!
NON... ! COSTA !
!!
TENEZ BON... J'Y SUIS PRESQUE... !

AAAAAAAAARGH !!

BOOM
!!
VITE, CONCENTREZ TOUT VOTRE POUVOIR SUR LE PORTAIL !
VOUS DEVEZ FERMER LE VORTEX, SINON ÇA N'AURA SERVI À RIEN !

ON N'Y ARRIVERA PAS COMME ÇA ! L'ATTRACTION EST TROP FORTE...
... ET LE RITUEL, TROP AVANCÉ !
QU'EST-CE QU'ON FAIT, ALORS ?!
LE PASSAGE NE PEUT PLUS ÊTRE REFERMÉ DEPUIS NOTRE CÔTÉ.
IL FAUT PASSER DANS L'AUTRE DIMENSION, POUR ROMPRE LA SOURCE.
MAIS... ÇA MÈNE OÙ ?!
VA SAVOIR.
PROBABLEMENT DANS UN DE CES ENDROITS QUE MON GRAND-PÈRE RÊVAIT DE CONNAÎTRE.
MAIS... NON. JE NE... J'AI PAS DEMANDÉ ÇA...
JEANNE...

AAAAAAAH !

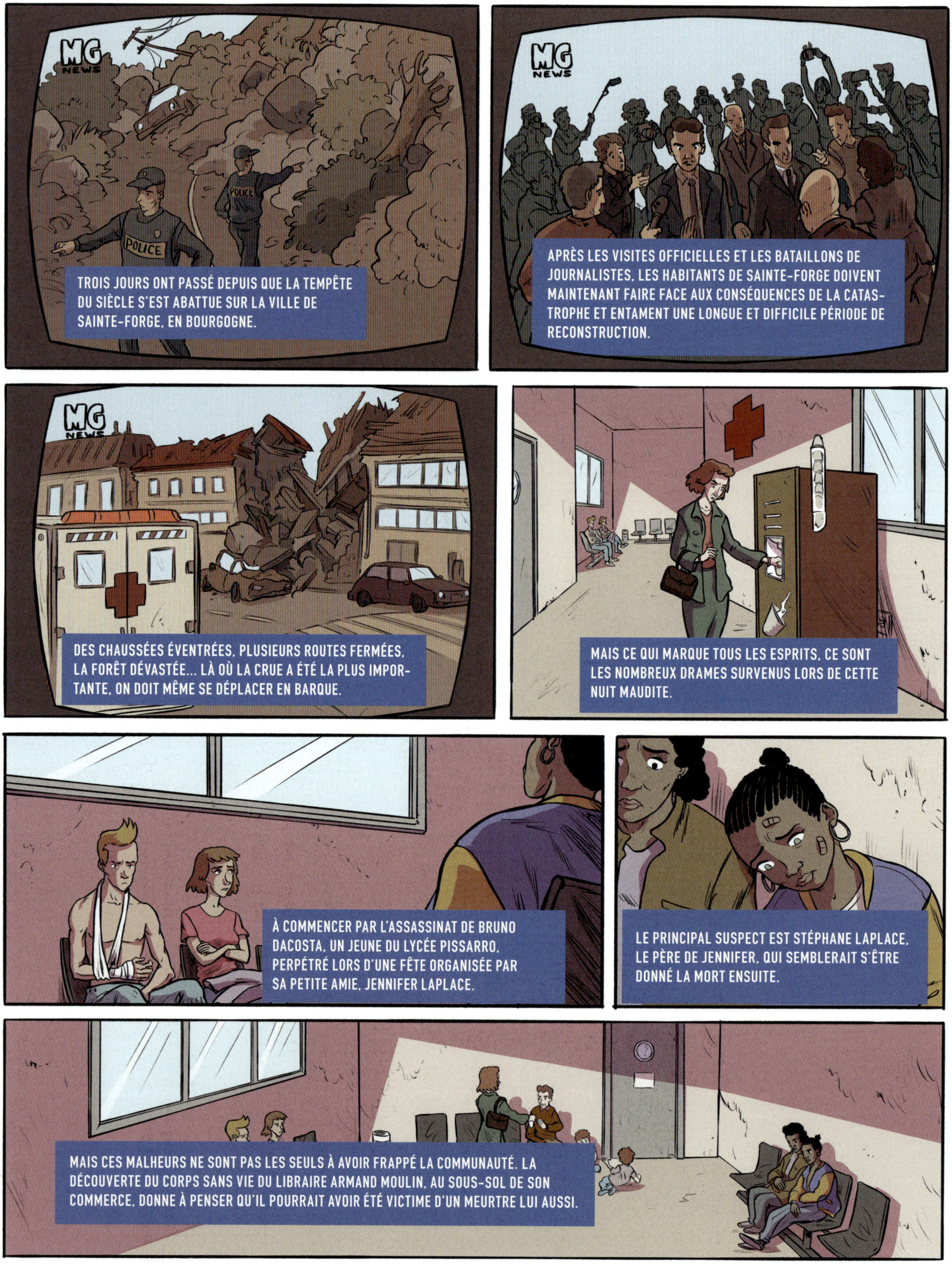
MG NEWS
POLICE
POLICE
TROIS JOURS ONT PASSÉ DEPUIS QUE LA TEMPÊTE DU SIÈCLE S'EST ABATTUE SUR LA VILLE DE SAINTE-FORGE, EN BOURGOGNE.
MG NEWS
APRÈS LES VISITES OFFICIELLES ET LES BATAILLONS DE JOURNALISTES, LES HABITANTS DE SAINTE-FORGE DOIVENT MAINTENANT FAIRE FACE AUX CONSÉQUENCES DE LA CATASTROPHE ET ENTAMENT UNE LONGUE ET DIFFICILE PÉRIODE DE RECONSTRUCTION.
MG NEWS
DES CHAUSSÉES ÉVENTRÉES, PLUSIEURS ROUTES FERMÉES, LA FORÊT DÉVASTÉE... LÀ OÙ LA CRUE A ÉTÉ LA PLUS IMPORTANTE, ON DOIT MÊME SE DÉPLACER EN BARQUE.
MAIS CE QUI MARQUE TOUS LES ESPRITS, CE SONT LES NOMBREUX DRAMES SURVENUS LORS DE CETTE NUIT MAUDITE.
À COMMENCER PAR L'ASSASSINAT DE BRUNO DACOSTA, UN JEUNE DU LYCÉE PISSARRO, PERPÉTRÉ LORS D'UNE FÊTE ORGANISÉE PAR SA PETITE AMIE, JENNIFER LAPLACE.
LE PRINCIPAL SUSPECT EST STÉPHANE LAPLACE, LE PÈRE DE JENNIFER, QUI SEMBLERAIT S'ÊTRE DONNÉ LA MORT ENSUITE.
MAIS CES MALHEURS NE SONT PAS LES SEULS À AVOIR FRAPPÉ LA COMMUNAUTÉ. LA DÉCOUVERTE DU CORPS SANS VIE DU LIBRAIRE ARMAND MOULIN, AU SOUS-SOL DE SON COMMERCE, DONNE À PENSER QU'IL POURRAIT AVOIR ÉTÉ VICTIME D'UN MEURTRE LUI AUSSI.

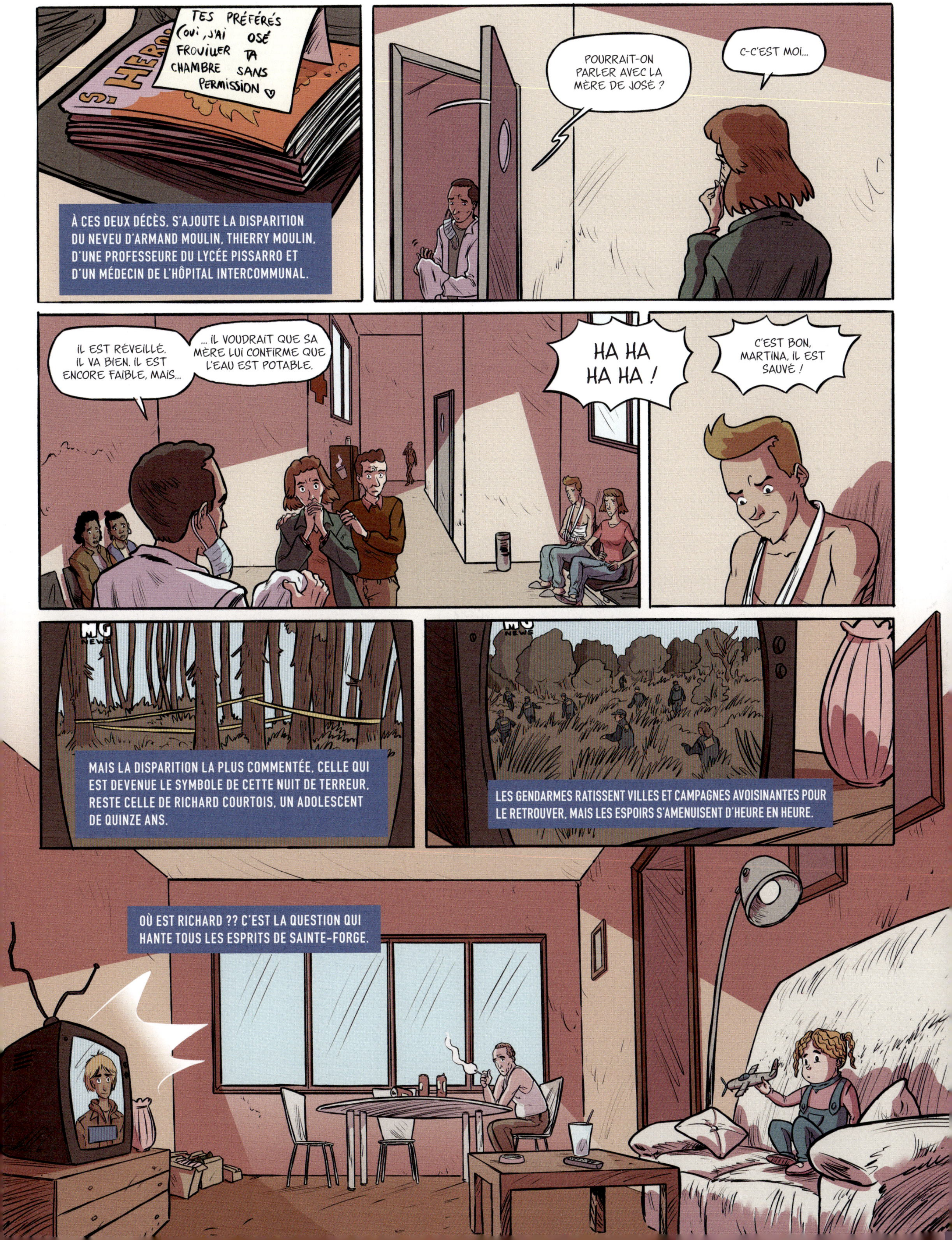

TES PRÉFÉRÉS (oui, J'AI OSÉ FOUILLER TA CHAMBRE SANS PERMISSION ♡
À CES DEUX DÉCÈS, S'AJOUTE LA DISPARITION DU NEVEU D'ARMAND MOULIN, THIERRY MOULIN, D'UNE PROFESSEURE DU LYCÉE PISSARRO ET D'UN MÉDECIN DE L'HÔPITAL INTERCOMMUNAL.
POURRAIT-ON PARLER AVEC LA MÈRE DE JOSÉ ?
C-C'EST MOI...
IL EST RÉVEILLÉ. IL VA BIEN. IL EST ENCORE FAIBLE, MAIS...
... IL VOUDRAIT QUE SA MÈRE LUI CONFIRME QUE L'EAU EST POTABLE.
HA HA HA HA !
C'EST BON, MARTINA, IL EST SAUVÉ !
MAIS LA DISPARITION LA PLUS COMMENTÉE, CELLE QUI EST DEVENUE LE SYMBOLE DE CETTE NUIT DE TERREUR, RESTE CELLE DE RICHARD COURTOIS, UN ADOLESCENT DE QUINZE ANS.
LES GENDARMES RATISSENT VILLES ET CAMPAGNES AVOISINANTES POUR LE RETROUVER, MAIS LES ESPOIRS S'AMENUISENT D'HEURE EN HEURE.
OÙ EST RICHARD ?? C'EST LA QUESTION QUI HANTE TOUS LES ESPRITS DE SAINTE-FORGE.

FSSSSS
KOFF ! KOFF !

ON EST...
ON EST VIVANTS.
ON A RÉUSSI ?
J'IMAGINE.
MAIS ON EST PIÉGÉS ICI ? SANS MÊME SAVOIR OÙ ON EST ?
ON EST À LA SOURCE. LÀ OÙ LE VORTEX EST NÉ. KRAALNAZGARATH VENAIT D'ICI.

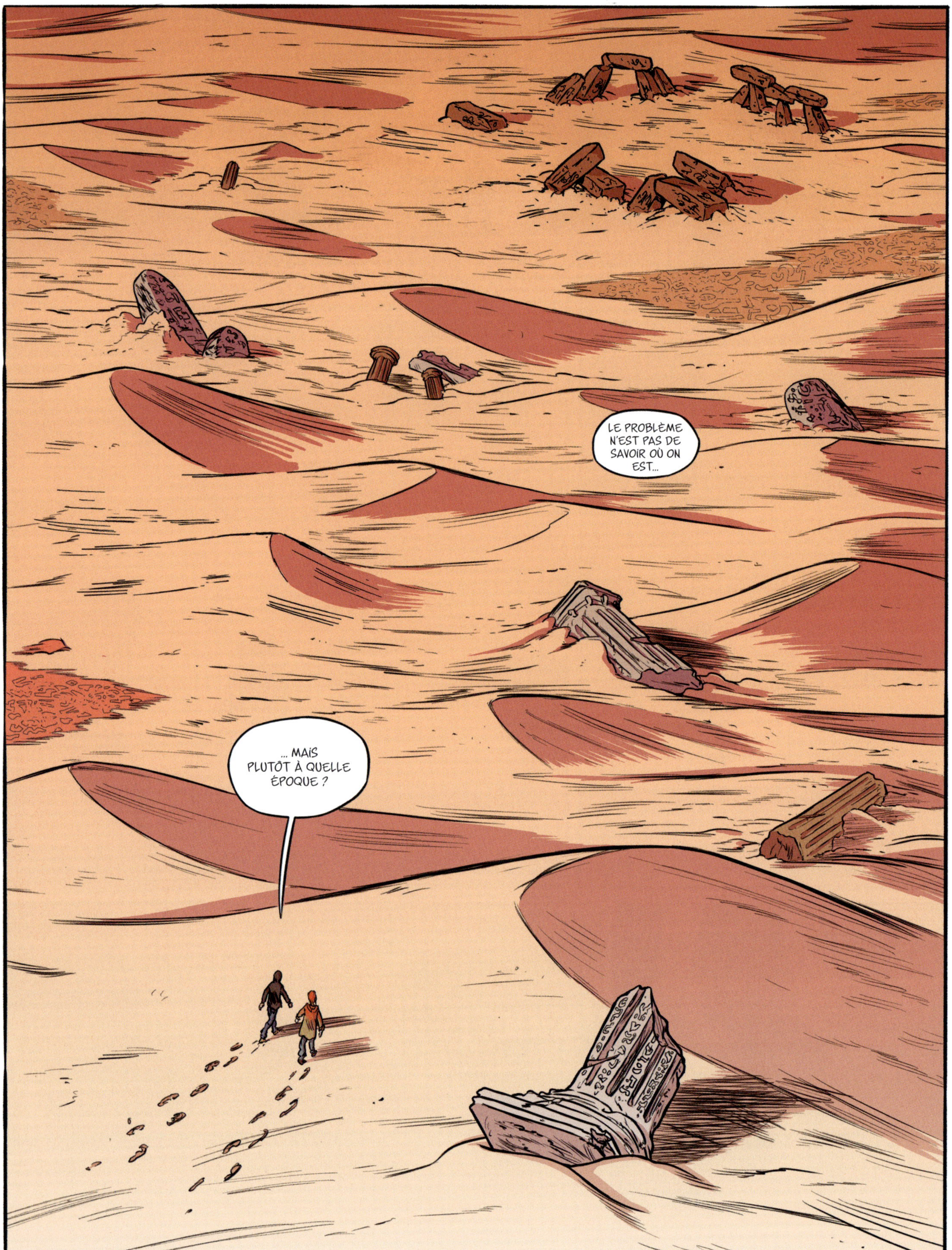
LE PROBLÈME N'EST PAS DE SAVOIR OÙ ON EST...
... MAIS PLUTÔT À QUELLE ÉPOQUE ?